KB102176

인생 2회 차,

축구의 신

인생 2회 차, 축구의 신 4

백린 현대 판타지 소설

초판 1쇄 찍은 날 § 2019년 10월 18일
초판 1쇄 펴낸 날 § 2019년 10월 25일

지은이 § 백린
펴낸이 § 서경석

총괄팀장 § 노종아
편집책임 § 강민구
디자인 § 소소연

펴낸곳 § 도서출판 청어람
등록번호 § 제387-1999-000006호
등록일자 § 1999. 5. 31
어람번호 § 제1-3054호

주소 § 경기도 부천시 부일로 483번길 40 서경B/D 3F (우) 14640
전화 § 032-656-4452 팩스 § 032-656-4453
http://www.chungeoram.com
E-mail § chungeorambook@daum.net

ⓒ 백린, 2019

ISBN 979-11-04-92073-8 04810
ISBN 979-11-04-92040-0 (세트)

4

인생 2회 차,

축구의 신

청어람

인생 2회 차,
축구의
신

Contents

1

2002년 프리시즌

2002년 여름. 붉은 물결로 넘실거리던 대한민국은 월드컵 최종 순위 4위라는 성적을 거뒀다.

끝내 민혁은 대표 팀에 합류하지 못했다. 잠깐 민혁의 이름이 거론되긴 했지만 히딩크 감독의 선택에 들진 못했다. 강한 체력과 조직적인 압박을 중시한 히딩크 감독은 2001년부터 발을 맞추던 선수들 대신 민혁을 선택할 이유를 찾지 못했고, 그 결과 민혁은 런던에서 TV로 월드컵을 봐야만 했다.

"결과만 좋으면 됐지, 뭐."

민혁은 그 말로 아쉬움을 털어냈다. 자신이 대표 팀에 들어갔다가 4강에 못 미치는 성적을 거두면 평생 자괴감이 들지도 모르는 일이었음을 생각해 보면, 좀 아쉽긴 해도 이렇게 끝나는 게 가장 좋은 결말이었다.

물론 민혁은 자신의 능력이 모자란다고는 생각하지 않았다. 재작년 저메인 페넌트가 기록했던 아스날 최연소 출전 기록도 민혁에 의해 갱신되었고, 출전 기록 외엔 아무것도 남기지 못한 페넌트와 달리 FA 컵에서 골까지 넣었다. 비록 그 상대가 4부 리그 팀인 칼라일 유나이티드라고는 하지만 말이다.

그러나 그 이후로는 1군 경기에 한 번밖에 출장하지 못한 민혁이었다. 2군 위주로 출전했던 워딩턴 컵은 입스위치에게 충격 패를 당해 한 경기로 마감되었고, 리그는 아직 한 경기도 출전하지 못했다. 아스날의 강력한 1군 멤버가 민혁의 입성을 허용하지 않았던 것이다.

하기야 민혁이 뛸 만한 포지션엔 로베르 피레스와 프레드릭 융베리, 그리고 파트리크 비에이라와 지오반니 반 브롱크호스트가 버티고 있었다. 만 17세도 되지 않은 민혁이 경쟁해서 이길 만한 선수는 없다는 이야기였다.

어깨를 으쓱한 민혁은 훈련장으로 향했다. 최근 그가 훈련을 하는 장소는 아스날 1군 훈련장이었다. 주로 리저브 팀에서 뛰기는 하지만, 그래도 훈련의 절반은 1군과 함께하는 형식이었다.

1군 훈련장에 도착한 민혁은 좌절하고 있는 선수를 보며 고개를 저었다. 프란시스 제퍼스였다.

벵거는 기어코 프란시스 제퍼스를 영입하고 말았다. 이번에도 즐라탄 이브라히모비치가 막판에 계약을 거부하고 튀어버린 까닭에 발생한 일이었다.

그때, 소식을 들은 민혁은 코치를 통해 제퍼스 대신 반 니스텔루이를 영입하는 게 어떻냐는 말을 전했다. 벵거도 긍정적인 반응을 보였지만 안타깝게도 영입에 성공하진 못했다. 1,850만 파운드라는 이적료가 발목을 잡았기 때문이었다.

그로 인해, 벵거는 다시 제퍼스의 영입을 시도해 이루어냈다. 이적료는 800만 파운드였다.

그나마 건진 게 있다면 모아시르와 반 니스텔루이가 안면을 익혔다는 부분이었다. 혹시나 싶어 아스날의 스카우터를 따라갔던 모아시르는 3년 전의 편지를 기억하고 있던 반 니스텔루이를 만났고, 모아시르는 그와 꽤 긍정적인 관계를 맺을 수 있었다. 만약 그가 아스날로 왔다면 세컨드 매니저 정도는 할 수 있었을지도 모를 정도로 말이다.

하지만 반 니스텔루이는 아스날이 아닌 맨유로 이적했다. 그만한 이적료를 감당할 수 있는 팀은 맨유가 유일했다. 아직로만 아브라모비치가 첼시를 인수하기 전인 데다, 막대한 예산을 투입해 선수들을 사들이던 리즈 유나이티드에 망조가 들기 시작한 까닭이었다.

"500만 파운드만 낮았어도……."

민혁은 아쉬움을 느꼈다. 물론 아스날엔 티에리 앙리라는 전설적인 선수가 있지만, 반 니스텔루이도 아스날에 왔다면 EPL은 향후 몇 년 동안 아스날의 독무대가 될 터였으니까.

하지만 이미 끝난 일을 아쉬워할 필요는 없었다. 그걸 아쉬워한다고 현실이 바뀌는 것도 아니었으니까.

"아, 윤!"

리프팅 연습을 하던 민혁은 고개를 돌렸다. 아스날의 수석 코치 팻 라이스였다.

그는 민혁이 고개를 돌리자마자 입을 열었다.

"감독님이 찾으셔."

*　　　*　　　*

"찾으셨어요?"

"그래."

뱅거는 의자를 가리켰다. 그곳에 앉으라는 이야기였다.

민혁이 자리에 앉은 직후, 서랍을 연 아르센 뱅거가 두 장의 서류를 가져와 내밀었다. 둘 다 임대와 관련된 서류였다.

하나는 2004년 챔피언십으로 이름이 바뀌는 풋볼 리그 1에 속한 울버햄튼 원더러스, 또 다른 하나는 3부 리그 격인 풋볼 리그 2에 속한 레이튼 오리엔트에서 날아온 요청서였다.

"널 임대하고 싶다는 제안이 왔구나."

"어딘데요?"

"직접 보거라."

민혁은 서류를 받아 읽었다. 좀 의외긴 했지만 있을 법한 이야기였다. 지난 시즌 FA 컵에서 아스날 최연소 출전 기록과 최연소 골 기록을 세운 데다가, 리저브 팀에서도 압도적인 퍼포먼스를 보이는 민혁이라면 전력이 약한 팀의 구미를 당길 법한 일이니 말이다.

벵거가 타 팀의 제안을 고려하고 있는 데엔 이유가 있었다. 2002—03 시즌의 아스날은 굉장히 강력한 스쿼드를 보유하고 있었다. 골키퍼 외엔 스쿼드 변화가 없는 다음 시즌에 무패 우승을 차지하게 된다는 점만 생각해 보더라도, 민혁이 아스날 1군에서 주전으로 뛸 가능성은 희박하단 뜻이었다.

거기에 지난 시즌 8개월짜리 부상을 끊었던 로베르 피레스도 재활을 시작하고 있었다. 아마도 10월 말에 돌아오지 않을까 하는 예상이 나오고 있었고, 때문에 벵거는 민혁을 1군 후보로 활용하기보다는 임대를 보내 경험을 쌓게 해줄 생각이었다.

"개인적으로는 울버햄튼을 추천하고 싶구나. 아, 물론 이적을 하라는 건 아니야. 이적 조항이 포함되어 있기는 하지만 네가 거절하면 그만이니까."

벵거는 울버햄튼의 요청서를 들고 말했다. 레이튼 오리엔트는 3부 리그에 소속된 팀이라 민혁의 성장에 도움이 되지 않을 테지만, 2부 리그 격인 풋볼 리그 1에 소속된 울버햄튼이라면 경험을 쌓기에 좋을 거란 이야기였다.

임대 후 이적 조건이 걸리긴 해도, 벵거의 말대로 민혁이 거부하면 문제는 없었다. K리그에선 선수의 거부권이 무시당하지만, 프리미어리그에선 선수의 의사를 무엇보다 중시하기 때문이었다.

고민하던 민혁은 제안을 거절했다. 임대를 가서 경험을 쌓는 것도 나쁘지는 않지만, 임대를 간다고 해서 1군 주전이 될 거라는 보장을 할 수 없었다. 실력이 아니라 적응의 문제 때문이었다.

"임대 가고 싶은 생각은 없는데요."

"왜지? 지금 네 나이엔 경험이 중요할 텐데."

민혁은 어깨를 으쓱했다. 그걸 모르지는 않는다는 제스처였다.

"울버햄튼이나 레이튼 오리엔트 같은 팀은 딱히 믿을 만한 곳이 아니니까요. 물론 리저브 팀에서 뛰는 것보다야 울버햄튼에서 뛰는 게 낫긴 한데… 거기서 주전으로 뛸 수 있는 게 아니면 리저브라도 출전 기회가 보장된 지금이 훨씬 낫죠."

"그래?"

"네."

"알았다. 거절하마."

벵거는 두 장의 서류를 접어 책 아래에 깔아놓았다.

그 뒤로 잠깐 대화를 나누던 벵거는 전화를 받고는 민혁에게 나가라는 제스처를 보냈다. 아마도 이적과 관련된 전화인 듯싶었다. 언뜻 '알렉산더 마닝거'라는 이름이 들리는 걸로 볼 때, 데이비드 시먼의 백업으로 있는 알렉산더 마닝거의 이적 이 이루어질 모양이었다.

밖으로 나온 민혁은 복도를 걷는 토니 아담스를 발견하고 는 그를 불렀다.

"어, 주장."

"은퇴했는데 무슨 주장이야?"

토니 아담스는 피식 웃었다.

"그나저나 그 꼬맹이가 날 주장으로 부르고… 이거 정말 웃 긴다니까."

"뭐, 어때요. 그래도 같이 뛰어봤는데."

그건 지난 시즌 민혁의 1군 마지막 경기였던 FA 컵 6라운 드 재경기 뉴캐슬전에서의 이야기였다. 비록 민혁은 그 경기 에서 6분밖에 뛰지 못했지만, 어쨌거나 같이 뛴 건 사실이라 당당할 수 있었다.

"아무튼 이제 주장은 비에이라야. 그놈한테나 그렇게 불러."

"근데 여긴 웬일이에요?"

"뭐야, 은퇴한 노인네는 오지 말라 이거냐?"

민혁은 어깨를 으쓱하며 입을 열었다.

"감독 준비 중이죠?"

"그래."

회귀 전 언은 민혁의 기억에 따르면, 토니 아담스는 다음 해인 2003년 리그 1에 있는 위컴 원더러스의 감독으로 부임하는 것으로 지도자 생활을 시작했다.

하지만 결과는 좋지 않았다. 위컴은 리그 2로 강등당했고, 그럼에도 감독직을 유지했던 그는 리그 초반이 넘어서면서 성적 부진으로 위컴에서 해임당한 후 여러 팀의 코치와 스카우터를 전전하게 되었다. 아제르바이잔의 가바라 FK라는 클럽의 단장으로 지낸 시기를 제외하면 3년을 채운 적이 한 번도 없는 저니맨 코치였다.

그런 내용을 떠올린 민혁은 그를 보고 입을 열었다.

"감독직 제의 온다고 바로 수락하지 마요. 명선수가 반드시 명감독이 되는 건 아니니까요."

"뭐야? 걱정해 주는 거야?"

"감독도 경험이 중요하니까요. 구단 서포트 못 받으면 감독 인생 꼬이는 경우도 있고."

"괜찮아, 괜찮아. 나도 다 생각이 있어."

민혁은 어깨를 으쓱했다. 이렇게 말해도 안 들으면 딱히 어찌할 방법이 없었다.

그래도 그간 쌓인 정이 있는 사람인지라, 민혁은 마지막으로 충고를 건넸다.

"정 힘들면 주제 무리뉴 전술을 참고해 보세요. 전술 핵심은 간단한데 효과는 좋으니까."

"무리뉴? 그게 누구야?"

"얼마 전까지 바르셀로나 수석 코치였던 사람 있잖아요."

"응? 아… 그 성질 더러운 놈?"

토니 아담스는 무리뉴를 기억해 냈다. 그러고 보니 1999-2000 시즌 바르셀로나와의 챔피언스리그 경기에서 보았던 적이 있었다.

"지금 감독이야?"

"지금 아마 FC 포르투 감독일걸요? 몰라요?"

"내가 지금 남의 사정 따질 상황이냐? 감독 공부 하기도 바빠."

쓴웃음을 지었던 그는 문득 일어난 궁금증에 말을 이었다.

"근데 그놈 전술 핵심이 뭔데?"

"조지 그레이엄 알죠?"

"알지, 나 그 사람 밑에서 뛴 거 너도 알잖아."

"그 사람 전술에 균형이랑 역습을 추가한 형태예요. 그레이엄이 수비를 강화하고 이안 라이트한테 죄다 공격을 맡기는 형태였다면, 무리뉴는 약팀을 상대로는 균형을 잡은 전술로 찍어 누르고 강팀을 상대로는 수비에 치중하다 역습으로 골을 넣고 잠그는 식이죠."

"뭐야, 수비축구야?"

"수비수 출신이 수비축구 싫어하면 어떡해요?"

민혁은 내친김에 좀 더 말을 이었다. 회귀 전 축덕으로서

쌓아온 지식을 풀어낼 찬스였다.

"수비축구라고는 해도 이길 땐 화끈하게 이기는 축구니까 인기가 없지는 않을 거예요. 일단 제일 중요한 게 탄탄한 수비 라인이고, 그다음이 전투적인 미드필더예요. 비에이라나 레알에 있는 마켈렐레 같은 스타일이 압박이랑 활동량으로 받쳐주고, 양쪽 윙도 수비 가담에 적극적으로 나서면서 역습에 주력하는 전술인데……."

"그럼 공격은 누가 하고?"

"그래서 스트라이커가 중요하죠. 포스트플레이를 잘하면서 결정력 좋은 공격수. 이게 없으면 그냥 수비를 잘하는 팀이지, 우승하는 팀은 안 되는 전술이긴 해요."

거기까지 말한 민혁은 피식 웃고는 말을 이었다.

"그레이엄 감독 시절에 경험해 보셨잖아요. 이안 라이트 한 명이 골 다 넣어서 우승하는 거."

"뭐… 그랬지."

토니 아담스의 얼굴엔 미묘한 그리움이 감돌았다. 그 시절 자체를 그리워한다기보단 풀타임 출장에도 문제가 없던 전성기의 자신을 그리워하는 모양이었다.

잠깐 애수에 젖어 있던 그는 민혁을 보며 물었다.

"근데 너 감독 할 거야? 뭐 그렇게 열심히 공부를 했어?"

"선수도 전술을 잘 알아야 경기가 잘 풀리죠."

토니 아담스는 혀를 내둘렀다. 틀린 말은 아니지만 선수가 전술 공부를 하는 게 쉬울 리 없었다.

물론 민혁에겐 해당되지 않는 이야기였다. 어디까지나 회귀전 기억을 베이스로 가지고 있는 것이기 때문이었다.

"안 풀리면 한번 써보마. 나중에 요약해서 노트 좀 넘겨줘."

"네."

"참. 혹시 올해 팀 맡으면 임대 요청서 보내마."

"안 갈 거거든요."

토니 아담스는 피식 웃었다. 자신도 딱히 기대를 하고 해본 말은 아니었다. 아스날 같은 팀만 아니면 당장 프리미어리그 1군에 들어갈 수 있는 민혁이었으니까.

"아무튼 열심히 해라. 맨유 꺾고 우승해야지."

"하지 말래도 할 거예요."

민혁은 웃으며 훈련장으로 되돌아갔다.

*　　　*　　　*

"대화 다 끝났어?"

"네."

"무슨 일로 간 거야?"

민혁은 질문을 던진 로렌에게 답변을 들려주었다.

"울버햄튼이랑 레이튼 오리엔트에서 임대 요청 왔었어요."

"갈 거야?"

"아뇨."

"왜? 울버햄튼 정도면 괜찮은 팀이잖아."

민혁은 벵거에게 말했던 내용을 다시 입에 담았다. 어차피 주전이 완벽히 보장되는 임대가 아니라면 의미가 없다는 이야기였다.

"프리미어리그에서 주전을 보장해 준다고 하면 모를까, 풋볼 리그 1에서 로테이션으로 뛸 바에야 2군에서 뛰고 말죠."

"하긴, 너 정도면 첼시 같은 팀에서도 주전은 충분하지."

"에이, 그건 좀 오버죠."

민혁은 손사래를 쳤다. 비록 로만 아브라모비치가 구단주가 되기 전이라고는 해도 첼시는 무시 못 할 복병이었다. 2000─01 시즌과 2001─02 시즌 모두 리그 6위를 기록해 UEFA 컵 진출권을 획득한 데다, 명장 클라우디오 라니에리 감독의 지휘하에 탄탄한 조직력을 갖춘 팀이 첼시였다.

게다가 첼시엔 프랭크 램파드와 아스날에서 뛰었던 엠마누엘 프티가 버티고 있었다. 거기에 부상이 잦기는 해도 부데바인 젠덴이란 윙어도 있었고, 1999─2000 시즌 에스파뇰에 코파 델 레이를 안긴 엔리케 데 루카스도 있었다.

그중에선 그나마 부상이 잦은 젠덴과 루카스가 경쟁을 해볼 만한 상대였지만, 그들을 이긴다고 해봐야 후보 신세를 면할 수 없을 게 뻔했다. 아직 램파드나 프티를 이길 정도는 아니니 말이다.

"풀럼이나 미들즈브러 정도면 모를까 첼시는 무리예요."

"참. 내일 친선경기 있는 거 알지?"

"풀럼이죠?"

"응."

대답을 들은 민혁은 코를 살짝 매만졌다.

내일은 원래 스태버니지 FC(Stevenage FC)와 경기를 해야 할 날이었다. 하지만 상대는 풀럼으로 바뀌어 있었는데, 민혁의 가세로 팀의 전력이 올라가면서 그에 맞는 팀을 찾았기 때문이었다.

"프리미어 팀 상대로 선발은 처음이지?"

"네. 근데 친선경기라 별 의미 없잖아요."

민혁은 말을 마치며 쓰게 웃었다.

그가 이번 친선경기에 레귤러로 나오게 된 건 주전 멤버 절반이 월드컵을 뛰고 와 휴식에 들어간 덕분이었다. 실력으로 얻은 자리가 아니라는 뜻이었다.

기회를 얻은 건 민혁만이 아니었다. 저메인 페넌트와 저스틴 호이트, 그리고 데이비드 벤틀리와 스튜어트 테일러 같은 유스 출신 2군 멤버들도 모두 친선전에 나서게 되었다. 사실상 아스날 2군과 풀럼의 경기라 해도 과언이 아니었다.

"그래도 프리미어 팀이야. 만만히 보면 안 될걸."

"만만하게 본 적 없어요."

"풀럼 정도면 주전으로 뛸 수 있다며?"

"사실이잖아요."

로렌은 웃었다. 하기야 아스날의 차기 에이스로 꼽히는 녀석이라면 이만한 자신감은 있어야 했다.

다음 날, 아스날과 풀럼의 친선경기가 시작되었다.

＊　　　　＊　　　　＊

뱅거는 전술 판에 등번호가 적힌 자석을 붙이며 전술을 설명했다. 본래 큰 틀만 설정해 놓고 선수들의 자유를 최대한 허용하는 스타일이라 그런지 민혁에게 요구한 내용도 많지 않았다. 중앙에서 패스를 받아 2 대 1 돌파를 시도하라거나, 측면으로 빠지지 말고 공간을 유지하면서 패스를 주고받으라는 주문 정도가 고작이었다.

"혹시 더 궁금한 거 있나?"

질문은 없었다. 1군 멤버들이라면 전술에 대한 추가적인 설명을 요구했을지도 모르겠지만, 오늘 경기에 나서는 멤버들은 대부분 2군에 속해 있는 선수들이기 때문인지 프리미어 팀과의 경기에 선발로 나간다는 사실에 흥분해 말을 아끼고 있었다.

비록 친선전이긴 하지만, 오늘 경기에서 뛰어난 활약을 보이면 정규리그에 출전할 가능성도 높아질 터이기 때문이리라.

"자, 그럼 최선을 다해라. 프리시즌뿐만이 아니라, 정규리그에서도 뛸 자격이 있다는 걸 보여다오."

말을 끝낸 벵거는 경기장을 가리켰다.

그들이 있는 곳은 풀럼의 홈구장 크레이븐 코티지였다. 현재 아스날의 홈구장으로 쓰이는 하이버리보다도 1만 석 가까이 작은 중소형 구장이라 경기장과 관중석이 거의 맞닿아 있었고, 상대편 벤치도 훤히 보였다.

몸을 풀던 민혁은 풀럼의 벤치를 보고는 쓴웃음을 물었다. 익숙한 얼굴이 보여서였다.

그 익숙한 얼굴은 작년 아스날에 임대되었던 일본인 이나모토 준이치였다. 일본에서 2년 동안 살다 온 민혁과는 나름 친하게 지냈지만, 결국 아스날에 정착하지 못하고 풀럼으로 이적한 터였다.

그래도 이나모토 준이치가 유니폼 팔이라는 별명으로 불릴 만큼 능력이 없는 선수는 아니었다.

물론 그가 아스날에서 뛸 만한 실력은 안 됐고, 아스날이 이나모토 마케팅으로 적지 않은 수익을 얻은 것도 분명했다. 유니폼 판매로 인한 수익은 생각보다 적었지만 일본인 관광객 증가로 인해 생긴 수익과 일본 기업 스폰서로 얻어낸 이득이 컸기 때문이었다.

하지만 에미레이츠 스타디움을 이나모토 스타디움으로 불러야 한다는 농담은 오버였다. 경기장 건축비 7,500억 원에 비하면 새 발의 피나 다름없는 금액이었으니까.

아무튼, 이나모토가 프리미어리그에서 뛸 만한 능력이 없는 선수는 아니었다. 단지 처음 들어간 팀이 아스날이라는 게 문제였을 뿐이지, 리그 하위 팀 로테이션 멤버로 뛰기엔 충분한 실력을 가지고 있었다.

'근데 나보다 못하잖아.'

민혁은 속으로 중얼거렸다. 물론 포지션이 다르니 직접적인 비교는 못 하겠지만, 그래도 작년 아스날에서 함께 훈련했던 기억 중엔 이나모토가 자신을 막아내는 장면이 없었다.

풀럼엔 이나모토 외에도 민혁이 아는 선수들이 있었다. 골키퍼는 그 유명한 에드윈 반 데 사르였고, 센터백을 맡은 잿나이트와 풀백인 스티브 피넌, 그리고 루이 사하와 루이스 보아 모르테도 민혁이 알고 있는 선수들이었다.

그중 루이스 보아 모르테는 몇 시즌 전까지만 해도 아스날에서 뛰었던 선수였다. 비록 주전은 아니었지만, 1997—98 시즌 더블을 기록할 때 힘을 보탰던 선수였으며, 따라서 다른 아스날 선수들도 그와는 안면이 있었다.

"잠깐, 루이스 월드컵 나가지 않았어요?"

민혁은 당황해 입을 열었다. 반 데 사르야 네덜란드가 유럽 예선에서 3위를 기록해 떨어지는 바람에 본선 진출을 못해서 체력이 남겠지만, 루이스 보아 모르테가 소속된 포르투갈은 본선 진출에 성공해 한국에서 경기를 치르고 돌아온 터였다. 비록 한국전 패배로 조별 예선을 마치자마자 돌아와야 하는 신세가 되긴 했지만 말이다.

"그럴걸?"

"근데 왜 벌써 친선전에 나와요?"

"여기 풀럼 홈이잖아. 팬들한테 돌 맞기 싫으면 내보내야지."

베르캄프를 대신해 선발로 나선 은완코 카누가 관중석을 보며 말했다. 베르캄프 역시 네덜란드의 탈락으로 월드컵 본선에 나가지는 않았지만 이번 경기 명단에선 빠져 있었다. 아마도 휴가를 즐기고 있는 모양이었다.

"수비 쪽이 많이 걱정되네요."

"뭐야, 우리 못 믿어?"

저스틴 호이트가 다가와 말했다. 올해 초 프로 계약을 한 그는 이번에 은퇴한 리 딕슨의 대체자로 고려되고 있었다. 아마 프리시즌에서의 활약 여부가 이번 시즌 그가 뛸 장소를 결정짓게 할 것 같았다.

"수비는 조직력이 중요하잖아. 근데 이렇게 뛰는 건 처음 아니야?"

"그래 봐야 풀럼인데, 뭐."

"야, 그래도 프리미어리그에서 뛰는 팀이야."

민혁은 웃으며 말한 후 그라운드를 바라보았다.

크레이븐 코티지의 그라운드는 나쁘지 않았다. 그래도 프리미어리그의 기준은 충족하고 있기 때문이었다. 물론 하이버리

스타디움에 비하면 살짝 손색이 있지만, 17세 이하 청소년대 표팀 시절 뛰었던 하남 미사리 훈련장이나 베트남의 경기장보 다야 월등히 좋았다.

'아, 그때 진짜 끔찍했지.'

민혁은 베트남에서 치렀던 AFC U-17 청소년 선수권대회 를 떠올리며 치를 떨었다. 넓이가 거의 손가락 너비만 한 떡잔 디가 눈앞에 아른거리는 느낌마저 들었다.

민혁이 고개를 저어 그 생각을 떨치려 할 때, 관중석을 본 저스틴 호이트가 입을 열었다.

"관중이 꽤 많네."

약 27,000명을 수용할 수 있는 크레이븐 코티지의 관중석 은 거의 다 차 있었다. 2층 외곽에 약간 빈 곳이 보이긴 했지 만, 이 경기가 친선경기임을 생각하면 놀라울 정도였다. 비록 상대하는 팀이 아스날이긴 해도 1군 멤버가 나오지 않을 게 뻔한 경기니 말이다.

"많으면 어때. 1군 경기 느낌도 나서 좋은데, 뭐."

"1군 경기에 뛰어봤다 이거지?"

저스틴 호이트는 민혁의 어깨를 툭 치며 웃었다. 부러움도 조금은 담겨 있는 반응이었다.

"너도 금방 올라올 거잖아. 이 경기 뛰는 것부터가 사실상 1군 승격 보장 아냐?"

"그래야지."

짧게 답한 저스틴이 몸을 풀었다. 여름이라고는 해도 25도를 넘어가는 날이 거의 없는 영국의 아침은 쌀쌀한 공기가 감돌고 있었다. 부상을 당하지 않으려면 충분한 예열을 해줘야 했다.

민혁도 웃으며 몸을 풀었다. 다른 선수들과 다른 건 공을 가지고 스트레칭을 진행하는 점이었다.

"헤이, 윤!"

"왜?"

"공 좀 몰아줘. 킴벌리가 보고 있거든."

"…봐서."

"제발. 오늘 저녁 내가 살게."

민혁은 한심하다는 표정으로 고개를 돌렸다. 그곳엔 데이비드 벤틀리가 있었다.

"그렇게 골이 필요하면 열심히 뛰어."

"너무한 거 아냐?"

"뭐가?"

"나 진짜 킴벌리랑 결혼할 거야. 믿음을 줘야 된다고."

벤틀리는 거의 애걸하듯 말했다. 정말 절실해 보이는 표정이라, 민혁은 자기도 모르게 고개를 끄덕이고 말았다.

"가능하면 몰아줄게."

"진짜지? 약속했다!"

"못 뚫으면 그건 네 책임이야."

"걱정 마, 걱정 마. 내가 누구야?"

"누구긴 누구야, 뺀질이지."

"……."

데이비드 벤틀리는 아무 말도 못 했다. 민혁과 달리 훈련을 자주 빼먹는 그로서는 그 말에 반박할 수단이 없었다.

'진짜 훈련만 열심히 하면 베컴 싸대기를 때릴 수 있을 놈인데 말야.'

민혁은 고개 숙인 남자가 된 벤틀리를 바라보며 가볍게 혀를 찼다. 재능도 충분하고 실력도 있는데 이상하게 게을렀다.

그럼에도 자신과 비슷한 평가를 받고 있다는 걸 대단하다고 해야 할지, 아니면 재능 낭비라고 대차게 까야 할지 모를 심정이었다.

"아무튼 찬스는 만들어줄 테니까 플레이나 제대로 해. 골에 눈이 멀어서 막 달려들지 말고."

"알았어, 알았어. 아무튼 믿는다!"

벤틀리는 손을 흔든 후 멀찌감치 도망쳤다. 훈련에 나오라는 잔소리를 들을 게 걱정된 모양이었다.

그사이 그라운드로 들어간 주심은 휘슬을 분 후 선수들을 향해 안으로 들어오라는 손짓을 보였다. 정식 경기였다면 복도에서부터 주심과 함께 입장했을 테지만, 친선경기인 지금은 그런 형식은 전부 생략하고 있었기 때문이었다.

민혁은 동료들과 함께 그라운드 중앙으로 향했다.

그러자마자, 풀럼 유니폼을 입은 선수가 다가와 입을 열었
다.

"응? 윤?"

"아, 루이스."

"벌써 여기까지 왔어?"

루이스 보아 모르테는 살짝 놀란 표정을 지었다. 4년 전
인 1998년, 1군 훈련장에 가끔 찾아와 베르캄프에게 튜터링
을 받던 민혁만 기억하고 있던 그라, 민혁이 이 자리에 있다
는 걸 보고 놀라지 않을 수 없었다.

"그렇게 됐네요."

"오늘 적당히 뛰려고 했는데 안 되겠네. 제대로 해야겠어."

그는 갑자기 진지해졌다. 그 꼬맹이에게 질 수는 없다는 마
음가짐이 전해지는 표정이었다.

"살살 해요, 살살."

"참, 너 한국인이었지?"

루이스 보아 모르테의 전의가 한층 더 강해졌다. 한 달 전
있었던 2002 월드컵 조별 예선 3차전에서 한국에게 패배한
기억이 떠오른 모양이었다.

민혁이 그를 보고 이마를 짚을 때, 심판이 입에 휘슬을 물
고는 그들의 위치를 조정했다. 이제 슬슬 시작할 모양이었다.

그로부터 몇 초 후.

경기 시작을 알리는 휘슬이 울렸다.

＊　　　　＊　　　　＊

"와, 장난 아니네."

민혁은 허리에 손을 올리며 고개를 저었다.

풀럼은 강했다. 아무리 하위권 팀이라도 프리미어리그에 있는 팀은 이 정도는 한다는 걸 과시라도 하는 듯한 플레이였다.

풀럼의 전술이 세밀한 건 아니었다. 풀럼의 감독인 장 티가나 감독은 1996-97 프랑스 리그 앙에서 우승을 차지한 감독이지만 명감독의 반열엔 들지 못했다. 벵거의 유산을 물려받은 AS 모나코 시절을 제외하고는 뚜렷한 족적을 남긴 적이 없기 때문이었다.

그것 때문인지, 아니면 선수단의 능력이 부족해서인지는 몰라도, 풀럼의 전술은 전형적인 '킥앤드러시 스타일'에 가까웠다. 롱패스를 이용한 빠른 연결과 공격수들의 몸싸움 능력을 이용해 공을 욱여넣는 스타일의 축구였다.

하지만 단순하다는 말이 약하다는 말의 동의어는 아니다.

풀럼의 1군은 아스날 2군을 상대로 압도적인 우위를 점하고 있었다. 무엇보다 풀럼 공격수와 아스날 수비진의 실력 차이가 적지 않았다. 센터백을 맡은 스타디스 타블라리디스와 저스틴 호이트는 루이스 보아 모르테와 루이 사하의 침투를 거의 막지 못했다.

이제 막 유스에서 올라온 스튜어트 테일러도 속수무책이긴 마찬가지였다. 비록 600만 파운드의 이적료를 기록하고 아스날로 온 리처드 라이트를 밀어내고 팀의 세컨드 골키퍼 자리에 오른 스튜어트 테일러라지만, 사실 그건 그가 잘해서라기보다는 리처드 라이트가 워낙 막장스러운 실책을 연발한 탓이었다.

다시 말해, 스튜어트 테일러는 프리미어리그에서 시즌 10골 이상을 넣을 수 있는 선수들을 상대하기에 적합한 골키퍼는 아니라는 뜻이었다.

전반 32분. 경기는 루이 사하의 2골로 2 대 0을 기록하고 있었다.

"괴물들이네."

데이비드 벤틀리가 입을 열었다. 프리킥 의논을 하는 것처럼 보이는 상황이지만, 어차피 키커는 벤틀리로 정해져 있었다. 민혁의 크로스도 나쁜 편은 아니었지만, 그래도 제 2의 베컴이라 불리는 벤틀리에 비하면 어느 정도 손색이 있었다.

"바로 찰 거야?"

"힘들겠지?"

그는 단단해 보이는 풀럼의 수비진을 보고는 자신 없는 목소리로 말했다. 바로 크로스를 올렸다간 수비진이 헤딩으로 끊어낼 것 같았다.

민혁은 고개를 끄덕여 동의를 표한 후 작은 소리로 그에게 말했다.

"중앙으로 갈게. 나한테 밀어줘."

"숏패스?"

"응."

벤틀리는 작게 고개를 끄덕였다. 그러자마자 민혁은 공 앞을 벗어나 중앙으로 향했다. 풀럼의 수비진은 역시나 하는 표정을 짓고는 헤딩을 위한 공간을 점유하려 몸싸움을 벌였고, 호흡을 고른 벤틀리는 공을 멀리 차는 척하다 민혁에게 밀어주었다.

공을 잡은 민혁이 앞으로 향하자 풀럼의 미드필더 션 데이비스가 민혁에게 달려들었다. 피지컬을 앞세워 압박을 할 심산이었다.

민혁은 뒷발로 공을 살짝 빼내어 압박을 벗어났다. 션 데이비스는 달리던 관성을 이기지 못하고 민혁을 지나쳐 버렸고, 민혁은 그 순간을 노리고 앞으로 달렸다.

앞은 텅 비어 있었다. 4-4-2 시스템을 사용하고 있는 풀럼이라 미드필더인 션 데이비스와 센터백 사이의 공간은 무주공산이나 다름없었다.

"윤! 여기!"

데이비드 벤틀리는 손을 들고 애타게 외쳤다. 여자 친구인 킴벌리에게 반드시 좋은 모습을 보여줘야겠다는 초조함이 깃

들어 있는 표정이었다.

그를 미끼로 쓰려던 민혁은 어느새 앞을 막은 잿 나이트를 보고는 벤틀리의 앞쪽으로 공을 밀었다. 잿 나이트를 제치기엔 공간이 별로 없었던 데다, 벤틀리의 크로스 능력이라면 기회를 잡을 수 있을 것 같았다.

공은 잿 나이트와 풀럼의 풀백 사이를 지나 벤틀리의 앞쪽에서 속도를 늦췄다. 곧바로 공을 잡은 벤틀리는 침투를 포기하고 크로스를 날렸고, 은완코 카누는 그 공을 헤딩으로 때려 골문 안에 집어넣었다.

그 득점을 기점으로 분위기가 바뀌었다. 대충 풀럼의 선수들을 파악한 민혁과 데이비드 벤틀리가 드리블을 통한 돌파와 패스를 시도하면서 중원의 분위기가 아스날에게 유리하게 흐르기 시작했고, 그만큼 루이스 보아 모르테와 루이 사하가 공을 잡는 빈도가 줄었다.

공을 돌리던 민혁은 순간적으로 페널티박스로 침투해 들어갔다. 동시에 은완코 카누의 헤딩 볼이 민혁을 향해 떨어졌고, 잠깐 보폭을 줄여 공을 받은 민혁은 칩샷을 시도해 자세가 무너진 골키퍼의 몸을 넘기려 했다.

그 시도는 실패로 끝났다. 쭉 뻗어진 반 데 사르의 왼팔이 공을 쳐낸 것이다.

"와……."

민혁은 그대로 멈춰서 탄식을 터뜨렸다. 과연 월드 클래스 골키퍼였다.

유벤투스에서 수비진과의 호흡이 맞지 않아 실패를 거듭한 것과 부폰의 영입이 겹쳐 풀럼으로 밀려나듯 이적한 반 데 사르였지만, 지금 보여준 반사신경은 월드 클래스 골키퍼다운 모습이었다.

"흠."

벤치에 앉아 있던 풀럼의 감독 장 티가나는 선수교체를 지시했다.

그는 션 데이비스를 빼고 이나모토 준이치를 경기장에 들여보냈다. 동시에 루이스 보아 모르테가 미드필더 위치로 내려왔다. 4-4-2에서 수비를 강화한 4-1-4-1 형태로의 전환이었다.

이나모토 준이치가 경기장에 발을 디디자마자 일본어로 외치는 환성이 들려왔다. 관중석 한쪽을 채운 일본인 관광객들의 함성이었다. 아마도 작년에 아스날이 누리던 일본인 관광객 특수가 풀럼에게 이어질 모양이었다.

이나모토가 아스날 입성 후에야 유명세가 생겼음을 생각해 보면, 아마도 일본인 관중 수입은 작년의 아스날보다 올해의 풀럼이 많을 터였다.

아스날도 선수교체에 들어갔다. 데이비드 벤틀리를 불러들이고 세바스찬 스베르드의 투입이 이루어졌다. 벤틀리는 잠깐 못마땅한 표정을 지었지만, 관중석에서 손을 흔드는 금발

여성을 보고는 얼굴이 환해져 그곳으로 달려갔다. 여자 친구인 킴벌리 밀스였다.

"좋댄다."

"부러우면 너도 여자 친구 만들어."

"안 부럽거든."

민혁은 인상을 썼다. 부러움 때문이라기엔 너무 격렬한 반응이었다.

잠깐 의아해하던 저스틴 호이트는 몇 년 전의 기억을 찾아내 입을 열었다. 민혁을 공포에 떨게 했던 스토커가 떠오른 것이다.

"아, 그 애 때문에 그래?"

"…걔 말, 꺼내지도 마."

저스틴 호이트는 그만 웃어버렸다. 민혁의 표정이 엄청나게 일그러져 있었기 때문이었다.

"경기에나 집중해. 공 온다."

민혁은 그 말을 끝내고는 도망치듯 중원으로 향했고, 저스틴 호이트는 고개를 저으며 입을 열었다.

"쟤 저래서 연애 한번 제대로 하려나."

*   *   *

뱅거는 팔짱을 낀 채 그라운드를 바라보았다. 마음에 드는 장면과 마음에 들지 않는 장면이 혼재하는 경기였다.

그다음 순간, 이번 경기에서 가장 탄식이 나오는 장면이 발생했다.

탈모가 한참이나 진행된 아스날의 젊은 공격수가 헛다리를 짚다 공을 흘렸다. 풀럼의 풀백 스티브 피넌은 데굴데굴 구르는 공을 잡아 전방으로 날렸고, 그걸 본 아스날 코치진의 표정은 완전히 구겨져 버렸다.

"…윤의 말이 옳았군."

벵거는 결국 탄식을 토해냈다. 지난 1년 동안 믿음을 지켜보려 노력했건만, 오늘을 끝으로 그 믿음은 완전히 사라져 버렸다.

"에버튼 땐 분명히 잘했는데 말입니다."

수석 코치 팻 라이스가 탈모가 진행된 아스날 공격수를 보고는 한숨을 쉬었다. 그가 바로 프란시스 제퍼스였다.

제퍼스의 부진은 정말 이해할 수 없는 현상이었다. 17살에 에버튼 1군으로 데뷔해 49경기를 뛰면서 18골을 넣은 선수가 도대체 어떻게 저렇게 망가질 수 있을까 하는 생각만 들었다.

축구 스타일과 문화가 다른 타국 리그로 이적한 선수라면 적응을 하는 데 시간이 필요해서라고 생각할 수도 있지만, 제퍼스는 그런 케이스도 아니었다.

"이적을 알아봅시다."

"프리미어 팀은 배제할까요?"

"굳이 그럴 필요는 없을 것 같군요."

벵거는 못마땅한 표정을 지었다. 저런 선수에게 800만 파운드나 지불한 자신의 결정에 탄식이 나올 것 같은 심정이었다.

하기야 신이 아닌 이상에야 모든 이적에 성공할 수는 없는 법이고, 그 역시 몇 번의 실패를 하기도 했다. 2년 전 급히 샀던 다보르 슈케르나 눈앞에 있는 제퍼스, 그리고 스튜어트 테일러에게도 밀려 버린 리처드 라이트가 대표적인 실패작이었고, 그 외 소소한 실패도 없진 않았다.

하지만 소위 말하는 대박을 가장 많이 터뜨린 게 벵거기도 했다. 발롱도르 수상자인 조지 웨아나 레알 마드리드로 이적한 니콜라스 아넬카, 그리고 지난 시즌과 그 전 시즌 리그에서 17골씩을 넣은 티에리 앙리와 지난 시즌 AESC 미모사에서 15만 파운드에 사 온 콜로 투레 등등이 있었으니까.

"그보다, 윤과 데이비드는 어떻죠?"

"1군 출전 빈도를 높여도 될 것 같습니다. 워딩턴 컵 교체 멤버 정도면 어떨까요?"

벵거는 고개를 끄덕였다. 워딩턴 컵이나 FA 컵 4~5라운드 정도라면 민혁과 데이비드 벤틀리를 쓰는 것도 나쁘지 않아 보였다.

"리그는 무리겠죠?"

"그래도 2시즌은 더 있어야 로테이션 멤버로 활용할 수 있을 것 같습니다."

벵거는 그 말에도 동의를 표했다. 민혁보다 먼저 1군에 올랐던 저메인 페넌트도 아직 리그에선 제대로 활용되지 않고 있었다. 그보다 피지컬적인 부분이 부족한 민혁이나 벤틀리를 리그에서 활용하는 건 아무래도 무리였다.

경기의 내용도 그 점을 증명하고 있었다. 민혁은 중원에서 경기를 지배하는 것 같다가도 압박이 강해지면 볼을 뒤로 돌릴 수밖에 없었다. 공간이 날 경우엔 적극적으로 드리블과 패스를 선보여 경기를 아스날의 흐름으로 만들었지만, 강력한 피지컬을 가진 수비수인 알랭 고마와의 몸싸움에선 계속 밀렸다.

그 장면을 본 벵거는 결정을 내렸다. 역시 아직 리그 출장은 무리였다.

벤틀리도 별로 다르지 않았다. 그래도 속도에 강점이 있는 선수라 민혁보단 활용성이 엿보였지만 몸싸움에 취약하긴 다를 바 없었다. 역시 2~3 시즌은 더 있어야 1군에서 쓸 정도가 될 것 같았다.

경기는 2 대 1로 끝을 맺었다. 아스날 2군으로서는 나쁘지 않은 결과였다. 풀럼은 레그윈스키와 말브랑크가 빠진 미드필더진을 제외하고는 1군에서 뛰는 선수들로 이루어진 스쿼드였기 때문이다.

선수들이 서로 악수를 나눌 때, 장 티가나 감독도 벵거에게 다가와 손을 내밀며 물었다.

"38번 누구죠?"

"윤이라면, 이번 시즌에 올릴까 고민하는 유망주입니다."

"아직 어린 것 같던데… 풀럼에 임대해 주실 생각은 없나요?"

그는 민혁에 대한 욕심을 드러냈다. 나이가 나이니만큼 리그 전 경기 출장은 무리겠지만, 로테이션 멤버로는 쏠쏠하게 쓸 수 있을 것 같았다.

벵거는 웃으며 거절을 표했다.

"이번 시즌에 워딩턴 컵에서 쓸 생각입니다. 본인도 임대는 꺼려 하고요."

"아쉽군요."

티가나 감독은 손을 떼며 몸을 돌렸다. 얼굴엔 아쉬움이 살짝 자리하고 있었는데, 잉글랜드식 킥앤드러시 전술을 쓰는 풀럼에 민혁이 추가되면 전혀 다른 플랜B가 만들어질 수 있을 거란 기대가 사라졌기 때문이었다.

그가 떠난 후, 벵거는 수석 코치 팻 라이스를 돌아보며 입을 열었다.

"2군에 전화 좀 넣어야겠군요. 돌아가서 처리해 주세요."

2

아스날 리저브 팀

프란시스 제퍼스에 대한 제의는 적지 않았다.

하지만 대부분 하위 팀의 임대였고, 제퍼스는 모든 팀을 거부하고 아스날에 잔류할 거라고 선언해 벵거의 골치를 아프게 했다.

그의 고집은 민혁에겐 좋지 않게 돌아갔다.

벵거가 전권을 갖게 되는 2005년 이후라면 제퍼스는 벤치에 그냥 처박혔겠지만, 아직은 이사회의 입김이 아스날에 영향을 미치는 시기였다. 그리고 이사회는 800만 파운드를 들여 데려온 제퍼스를 이적시키지 못하면 써야 한다는 주장을 펼쳤고, 결국 벵거는 워딩턴 컵의 출전 선수 명단에 민혁 대신 제퍼스를 넣어야 했다.

비록 민혁과 제퍼스의 포지션은 달랐지만, 룰 개정이 이루어지기 전이라 교체 멤버는 5명밖에 둘 수 없음을 생각하면 제퍼스로 인해 민혁이 피해를 보게 되는 셈이었다.

그것은 아스날에게도 좋지 않은 결과를 가져왔다. 워딩턴 컵 3라운드 탈락이라는 참혹한 결과였다. 물론 리그 컵인 워딩턴 컵의 비중이 높지는 않았지만, 그래도 유망주들을 육성하기 좋은 대회임을 생각하면 안타깝지 않을 수 없었다.

그로 인해 벵거의 구상에도 금이 가버렸다. 워딩턴 컵에서 민혁과 벤틀리를 활용하려던 계획이 완전한 물거품이 되어버린 것이다.

때문에, 민혁은 아직도 리저브 팀 위주로 뛰고 있었다.

"미쳤다……."

첼시 리저브 팀의 수비수 대니 우드워드는 민혁을 보며 혀를 내둘렀다. 간단한 턴으로 수비수를 벗겨낸 후 스루패스를 넣어 저메인 페넌트의 득점을 이끌어낸 모습 때문이었다.

상대 팀인 첼시 리저브 팀원들은 민혁의 앞에서 무력함만 드러냈다. 작년에 라치오에서 첼시로 이적해 온 발레리오 디체사레 정도만 민혁에게 압박을 가할 수 있을 뿐, 나머지 선수들은 제대로 된 압박조차 가하지 못하고 돌파당하기 일쑤였다.

"저거 리저브 레벨이 아닌데?"

"아스날이잖아."

그의 동료인 스콧 커친스는 미간을 찌푸리며 답했다. 우드워드는 반쯤 반사적으로 고개를 끄덕이다, 다시 한번 혀를 내두르며 입을 열었다.

"저런 괴물이 1군에 못 들면 아스날 1군은 도대체 어떻다는 거야?"

"그러니까 맨유랑 우승을 놓고 싸우지."

"1군은 그렇다 치고… 리저브에서도 아스날이 우승하겠네."

그들은 조용히 한숨을 내쉬었다. 도저히 이길 방법이 떠오르지 않았다.

아스날 리저브 팀은 프리미어 리저브 리그 남부 1위를 달리고 있었다.

리저브 리그 8경기를 진행하는 동안 단 한 번도 승리를 놓치지 않았다. 무려 28득점 3실점이라는 기록을 세우며 승점 24점을 획득한 것이다.

그 중심엔 민혁과 데이비드 벤틀리, 그리고 저메인 페넌트가 있었다.

저메인 페넌트는 1군으로 올라가지 못한 한풀이를 리저브 리그에서 하고 있었다.

8경기를 치르는 동안 세 번의 해트트릭을 포함해 17골을 만들어낸 그였다. 그 대부분이 민혁의 패스와 벤틀리의 크로스로 인해 만들어진 득점이지만, 어쨌거나 결정을 지은 건 페넌트였다.

왓포드 스카우터 글렌 로저는 주먹을 불끈 쥐는 페넌트를 보며 수첩을 채웠다. 거기엔 패스가 들어올 당시 페넌트가 취한 행동과 동선이 낙서처럼 적혀 있었다. 그는 그 아래에 간단한 설명을 추가한 후, 그에게 패스를 넣은 민혁을 한 차례 보고는 중얼거렸다.

"저런 괴물도 비에이라나 피레스는 못 이기나 보군."

그는 수첩 구석에 'Reserve NO.10 YUN'이란 글자를 적었다.

마음 같아선 당장 왓포드에 추천을 넣고 싶은 선수였지만 좋은 소리는 듣지 못할 것 같았다.

왓포드 감독인 레이 레이닝턴은 중앙미드필더의 보강을 필요로 하지 않았다. 그가 원하는 건 윙과 스트라이커 자리에서 직접 넣어줄 선수였지, 중앙에서 플레이를 조율할 선수가 아니었다.

그런 의미에서 보자면, 저메인 페넌트는 레이닝턴의 요구에 딱 들어맞는 선수였다.

아스날 1군에서는 미드필더 자원으로 분류하지만 리저브에서는 스트라이커로 뛰고 있으며, 100m를 11초대에 뛸 수 있는 준족을 지니고 있는 윙이기도 했다.

글렌 로저는 수첩에 적힌 저메인 페넌트의 이름 옆에

'Accept'라는 글자를 적고는 자리에서 일어났다. 하프타임을 맞아 라인 밖으로 나온 민혁에게 말을 걸어볼 생각이었다. 당장 영입을 추진할 대상은 아니더라도 가능성 타진 정도는 해 보고 싶어서였다.

"너 잘하던데? 곧 1군 올라가겠어."

민혁은 피식 웃었다. 다른 팀이라면 몰라도 아스날은 무리였다.

"왜? 그만한 실력이면 1군도 올라가겠더만. 수비가 아무것도 못 했잖아."

"리저브 리그인데요, 뭐."

대답을 마친 민혁은 어깨를 으쓱했다.

프리미어리그는 치열했지만 리저브 리그는 그렇지 못했다. 프리미어리그에 속한 팀의 리저브 팀이 전부 다 참여를 하는 것도 아니고, 그나마도 남부와 북부로 나뉘어져 경쟁이 덜했다.

북부의 강팀인 맨체스터 유나이티드나 리버풀, 그리고 뉴캐슬이 빠진 프리미어 리저브 리그 남부는 아스날의 독무대가 되는 게 당연했다. 첼시와 아스톤빌라라는 강팀이 있긴 해도 민혁과 벤틀리가 있는 아스날에 비할 바는 아니니 말이다.

"혹시 왓포드에 관심 없니?"

"없어요."

"아, 영입이 아니고 임대 건이야."

"감독은 아닌 것 같고… 스카우터예요?"

글렌 로저의 고개가 끄덕여졌다. 그래도 잉글랜드 남부에선 어느 정도 이름이 있는 팀의 일원이란 걸 자랑스럽게 여기고 있는 것 같았다.

비록 지금은 2부 리그인 풋볼 리그 1에 속해 있지만, 1999-2000 시즌 프리미어리그에 입성했던 경험도 가지고 있는 구단이었다.

약간의 전력 보강만 된다면 다시 프리미어리그의 문을 두드릴 저력은 있다는 뜻이었다.

그러나 겨우 그 정도의 구단이 민혁의 눈에 찰 리 없었다.

"울버햄튼에서 제의 온 것도 거절했거든요?"

"음……."

글렌 로저는 입을 닫을 수밖에 없었다. 왓포드와 울버햄튼을 비교하면 미약하게나마 후자에 무게감이 쏠렸기 때문이었다.

하지만 이대로 물러서긴 아쉬운 일이라, 그는 다시 입을 열었다.

"주전 보장이 된다면?"

"아저씨가 감독 아니잖아요. 게다가 절 보러 온 것도 아니면서 그런 말을 하는 건 위험하죠. 만약에 제가 녹음이라도 하고서 사인한 후에 소송 걸면 어쩌려고 그래요?"

글렌 로저는 어깨를 으쓱했다. 아무래도 축구만 할 줄 아는 멍청이가 아닌 모양이었다.

민혁은 쐐기를 박았다.

"어차피 다른 데 안 갈 거니까 괜히 에너지 낭비하지 마세요. 아, 그리고……."

"그리고?"

"혹시 맨유 스카우터 알면 이야기 좀 전해주세요. 맨유 안 갈 거니까 그놈의 스팸 좀 그만 보내라고요."

글렌 로저의 눈이 좌우로 흔들렸다. 맨유에서도 영입을 시도하는 선수라면 왓포드가 눈에 들어올 리 없었다. 적어도 리버풀이나 뉴캐슬 정도는 되어야 말이라도 붙여볼 선수라는 뜻이었다.

하지만 아쉬움을 지울 수 없어, 그는 지나가듯 말을 이었다.

"그래도 사자 몸통보다는 사슴 머리가 낫지 않을까?"

민혁은 미간을 찌푸렸다. 인천의 장외룡 감독에게 영입 제안을 받았을 당시의 메시가 느꼈던 심정을 이해할 수 있을 것 같았다.

"이적이든 임대든 생각 없으니까 원래 영입 대상이나 꼬드겨 보세요."

"쩝."

글렌 로저는 몸을 돌렸다. 저렇게 단호하다면 방법이 없었다.

그는 저메인 페넌트가 있는 장소로 향했다. 아직 하프타임 초반이라 이야기를 나눌 시간은 충분했다.

그와 저메인 페넌트의 대화는 나쁘지 않게 진행되었다. 저메인 페넌트의 입에서 짤막한 웃음까지 터진 걸 보면 아마도 임대가 진행될 것 같았다.

"페넌트는 슬슬 사라질 모양이네."

민혁은 회귀 전의 기억을 떠올려 보았다. 그러고 보니 페넌트가 이때쯤 아스날에서 자취를 감췄다. 페넌트 성격에 리그 1 팀인 왓포드로 이적을 하지는 않을 테니, 아마도 임대를 갔다가 다른 팀으로 팔려 갈 모양이었다.

그리고 그가 사라진 사이, 그가 차지하고 있던 자리는 페예노르트에서 이적한 로빈 반 페르시가 차지할 터였다. 물론 페넌트는 이제 미드필더고 반 페르시는 포워드지만, 로빈 반 페르시는 유리 몸이라는 점만 빼면 모든 면에서 저메인 페넌트의 상위 호환이었다.

그를 영입한 아스날이 저메인 페넌트를 데리고 있을 이유가 없다는 뜻이다.

'음… 그리고 보니 세스크 영입도 얼마 안 남았고…….'

민혁은 슬쩍 날짜를 꼽아보았다. 자신이 적극적으로 개입하지 않은 일이나 개입에 실패한 일은 회귀 전과 거의 비슷하게 돌아가는 걸 생각해 보면, 아마도 내년 초엔 로빈 반 페르시가 영입되고 그다음 이적 시장에선 세스크 파브레가스가 영입되어 그다음 시즌부터 주전 경쟁을 시작할 터였다.

기억을 더듬던 민혁은 문득 날짜를 돌이켜 보았다. 특별한 일이 없다면 아스날은 이번 시즌 리그에서 5점 차로 2위를 하고, FA 컵은 우승을 기록하게 될 게 분명했다.

"잘하면 1군 경기에 나갈 수 있겠네."

민혁은 글렌 로저와 대화를 하느라 식어버린 몸을 풀며 생각에 잠겼다.

걸리는 점은 두 가지였다. 하나는 자신이 경기에 참여하면서 결과가 바뀔지도 모른다는 점이었고, 또 다른 하나는 프란시스 제퍼스의 존재였다. 800만 파운드라는 거액의 이적료를 사용한 제퍼스에 대한 운영진의 집착이 생각보다 강하기 때문이었다.

"제퍼스도 그냥 리저브에 넣어버리지."

민혁은 아쉬움을 토로했다. 그렇게만 한다면 가끔 경기를 보러 오는 단장에게 제퍼스의 실체를 똑똑히 보여줄 자신이 있었다.

아무리 좋은 패스를 넣어줘도 받지 못하는 망한 공격수.

그게 현재의 프란시스 제퍼스라는 사실을 말이다.

물론 제퍼스로서는 억울한 말일지도 몰랐다. 자신이라고 해서 못하고 싶어서 못하는 것도 아닌 데다가 워딩턴 컵 3라운드에선 무려 골까지 넣었다. 그것도 프리미어리그 팀인 선더

랜드를 상대로 넣은 골이었고, 그건 적어도 그 경기에 한정해
선 제 몫을 했다는 이야기였다.

하지만 그 과정에서 날려먹은 기회가 수두룩했다.

오죽하면 빡친 피레스가 직접 침투해 골을 넣었겠는가.

"진짜 그 경기에서 딱 30분만 뛰었어도……."

민혁은 뒤늦은 아쉬움을 토해내었다. 교체로 들어가 뛰긴
했지만 시간이 부족했다. 다음 리그 경기를 대비해야 하는 피
레스와 교체되어 15분 남짓 플레이를 했지만 두 번의 기회를
만들어낸 게 민혁이 한 전부였고, 그 두 번의 기회는 제퍼스
가 모두 날려먹었다.

하기야 그 두 번 모두 선더랜드 수비진의 필사적인 수비에
막힌 것뿐이니 제퍼스를 까기엔 부적합했지만, 그래도 기분이
좋지는 않았다.

잠깐 옛일을 떠올리던 민혁은 고개를 젓고 그라운드로 돌
아갔다. 후반전을 준비해야 할 타이밍이었다.

후반전이 시작하자, 민혁은 코치진이 있는 방향을 슬쩍 보
고는 좀 더 피치를 올렸다. FA 컵 출전을 위한 어필이었다.

그로부터 45분 후.

할링턴 트레이닝 그라운드(Harlington training ground)에서
열린 첼시 리저브 팀과 아스날 리저브 팀의 경기는 5 대 0이
란 스코어로 끝을 맺었다.

＊　　　＊　　　＊

"윤!"

"네?"

훈련을 마치고 돌아가던 민혁은 고개를 돌렸다. 보통 이런 부름이 있을 땐 뭔가 좋은 일이 생기고는 했다.

민혁을 부른 딕슨은 서류를 들여다보며 말을 이었다.

"내일 원정 버스 타."

"내일요? 출전이에요?"

"아니."

"그럼요?"

서류철을 접어 옆구리에 낀 딕슨은 주머니를 뒤져 표를 꺼내 민혁에게 주었다. 아스날에 배정된 원정팀 관중석 티켓이었다.

"감독님이 주시는 거야."

"티켓 안 팔려서 남은 거예요?"

"그럴 리가."

다른 경기 티켓은 안 팔려도 아스날전 티켓은 매진이 되는 게 프리미어리그였다. 아르센 벵거의 아스날은 프리미어리그에서 가장 매력적인 축구를 하는 팀으로 꼽혔고, 다른 팀의 서포터들도 아스날에게 패배하는 것은 치욕으로 여기지 않았기 때문이었다.

"베르캄프도 몸이 예전 같지 않잖아. 대체자 중 하나로 널 생각하고 계시나 보더라고."

"음… 레예스가 대체자로 올 것 같은데."

"…어떻게 알았어?"

딕슨은 놀랐다. 아르센 벵거가 호세 안토니오 레예스를 주시하고 있다는 건 그를 포함한 일부만 아는 사실이었다. 1군도 아닌 리저브 팀에서 뛰는 민혁이 알 만한 내용이 아니라는 뜻이었다.

'아차!'

민혁은 당황했다. 무심코 뱉은 말이지만 아직은 아스날이 극비로 취급하고 있는 내용일지도 몰랐다.

순간적으로 머리를 굴린 민혁은 평정을 가장하며 어깨를 으쓱했다.

"뭐, 그냥 감이라고 해두죠."

"…동양의 신비야? 점술, 뭐 그런 거?"

"그거 인종차별적인 발언이거든요."

딕슨은 피식 웃고는 말을 이었다. 아마도 벵거나 팻 라이스와 이야기를 하던 중 우연히 들은 모양이라 판단했기 때문이었다.

"아무튼 감독님이 그 티켓 너 주라고 하시더라. 리저브에서 뛰더라도 1군 경기는 많이 봐두는 게 좋다고."

"어딘데요?"

"적혀 있잖아."

민혁은 티켓을 보았다. 거기엔 에버튼의 로고와 'Arsenal'이라는 글자가 적혀 있었다. 에버튼의 홈구장 구디슨 파크에서 벌어지는 에버튼과 아스날의 프리미어리그 10라운드 경기임을 알려주는 글자였다.

"에버튼이라……."

민혁은 티켓을 접어 주머니에 넣었다. 에버튼과의 경기라면 볼만한 가치가 있었다.

올해 초 에버튼의 소방수로 부임한 데이비드 모예스는 강등 위기에 있던 팀을 구해냈다. 전임 감독인 월터 스미스에 의해 18위까지 떨어졌던 에버튼은 모예스의 용병술에 힘입어 리그를 15위로 마감할 수 있었고, 새로 맞이한 2002-03 시즌도 나쁘지 않은 흐름을 타고 있었다.

비록 알렉스 퍼거슨이나 아르센 벵거와 같은 반열에 들수 있는 감독은 아니지만, 에버튼 시절의 데이비드 모예스는 그들에게 도전할 수 있는 감독이었음을 보여주는 성과였다.

하지만 에버튼의 미래가 딱히 좋진 않았다. 무엇보다 전임 구단주인 피터 존슨에 의해 막장이 되어버린 재정이 정상화되려면 한참이 지나야 할 터이기 때문이었다.

회귀 전의 기억을 떠올리던 민혁은 쓴웃음을 물었다. 맨유 리저브 경기에 찾아와 애처로운 눈으로 선수들을 살피던 모예스의 모습이 머릿속에 그려진 탓이었다.

"뭐, 에버튼 정도면 보러 갈 만하죠."

"그거 되게 건방진 말인 거 알기는 하냐?"

"자신감은 높을수록 좋은 거 아니에요?"

"…말을 말자."

딕슨은 다시 서류철을 열고 펜을 들어 구석에 체크했다. 민혁에게 티켓을 전달했다는 표시였다.

"그럼 경기장에서 보자."

"딕슨도 가요?"

"벤틀리가 데이트 있어서 못 간다고 나 줬어."

"두 장 달라고 안 하고요?"

"이미 갈 데가 있다더라고."

딕슨은 손을 흔들며 복도 너머로 사라져 갔다.

다음 날.

아스날 원정 버스를 타고 구디슨 파크에 내린 민혁은 관중석 구석에 앉아 그라운드를 내려다보았다. 하이버리에서 열리는 홈경기라면 좋은 좌석을 받을 수 있었겠지만, 원정석 티켓이라는 게 그렇게 좋은 자리를 주는 물건이 아니기 때문이었다.

"여기 잘 안 보이네."

"뭐… 원정 티켓이니까. 좋은 자리는 서포터들한테 팔고 안 좋은 자리를 챙겨둔 거겠지."

"그래도 25파운드 티켓치곤 너무 안 좋은 거 아냐?"

저스틴 호이트는 불만스레 말했다. 하기야 25파운드면 아스날에서도 평균 수준의 좌석엔 앉을 수 있는 금액이었다.

프리미어리그에서 아스날의 티켓이 가장 비싸다는 이야기가 종종 나오지만, 최저가만 따지면 아스날의 티켓은 싼 편에 속했다.

비싼 티켓과 시즌권의 가격이 타 클럽에 비해 훨씬 높을 뿐, 가장 싼 티켓만 놓고 보면 프리미어리그에서 중간 수준에 머무는 게 아스날이었다. 게다가 지금은 애쉬버튼 그로브(에미레이츠 스타디움)가 아니라 하이버리 스타디움을 사용하는 시절이라, 25파운드면 그럭저럭 나쁘지 않은 자리를 구할 수 있기도 했다.

"어차피 무를 수도 없는 거잖아. 불만 그만하고, 커피나 줘."

"아, 여기."

민혁은 캔 커피를 받아 손에 쥐었다. 자판기에서 꺼내 온 따듯한 커피였다.

한국이라면 10월에도 시원한 커피를 마셨을 민혁이지만, 북위 53도에 위치한 리버풀은 대서양 만류의 영향에도 불구하고 꽤나 추웠다.

'하긴, 개마고원보다 훨씬 더 북쪽이니까.'

캔을 개봉한 민혁은 커피를 마시며 그라운드를 바라보았다. 심판과 선수들이 줄을 지어 그라운드로 들어오는 모습이 보였다.

얼마 후. 민혁의 시선이 그라운드에 있는 에버튼 선수 한 명에게 고정되었다.

루니였다.

*　　　　*　　　　*

경기에 출전한 루니는 아스날의 30경기 무패 행진을 끊는 골을 넣었다. 프리미어리그 최연소 골 기록을 갈아치우는 득점이었다.

관중석에 앉아 경기를 보던 민혁은 혀를 내둘렀다. 알고는 있었지만 정말 괴물이란 느낌밖에 안 났다. 다른 대회도 아닌 프리미어리그에서, 그것도 잉글랜드 최고의 팀인 아스날을 상대로 저렇게 완벽한 골을 넣을 수 있다는 게 놀라울 뿐이었다.

"솔직히 저건 나도 무린데."

민혁은 조금 전의 골 장면을 떠올리며 고개를 저었다. 자신이 저 상황이었다면 골을 넣을 수 있을까 하는 생각을 잠깐 해봤지만 아무래도 무리라는 생각만 들었다. 피지컬 때문이었다.

루니는 축구선수로서는 거의 완성된 피지컬을 가지고 있었다. 그보다 한 살 많은 민혁이 아직 피지컬에 약점이 있는 것과 대조되는 모습이었다.

그게 동양인과 서양인의 차이라는 걸 알고 있는 민혁이지만, 그는 왠지 모를 박탈감을 느끼며 한숨을 쉬었다. 거기엔 루니에게 가지고 있는 경쟁심도 조금은 담겨 있었다.

아마도 루니는 그런 게 없겠지만 말이다.

"좀 억울하네."

민혁은 미간을 좁혔다.

1군 경기 전체로 따지면 자신의 기록이 루니보다 앞서긴 했다.

자신은 작년 칼라일과의 FA 컵에서 16세 100일이란 기록으로 1군에 데뷔했고, 올해 8월 17일 첫 데뷔한 루니의 기록은 16세 297일이었다. 데뷔만 놓고 보면 민혁이 200일가량 빠르다는 뜻이었다.

하지만 상대하는 팀의 수준이 달랐다.

민혁이 상대한 팀은 4부 리그인 칼라일 유나이티드였고, 웨인 루니의 첫 상대는 프리미어리그의 중위권 팀인 토트넘이었다.

게다가 이젠 프리미어리그의 최강팀 중 하나인 아스날을 상대로 득점포까지 선보였으니, 루니와 민혁의 격차는 적지 않다 말해야 할 터였다.

민혁이 착잡함을 느끼고 있을 때, 옆에 있던 중년 관객은 입고 있던 에버튼 유니폼을 벗고 웃통을 훌쩍 벗어젖힌 후 옷을 머리 위로 들어 빙빙 돌렸다. 솔직히 말해 안구 테러에 가까운 행동이었다.

얼마간 더 이어지던 경기는 스코어의 변동 없이 끝을 맺었다. 에버튼의 2 대 1 역전승이었다.

에버튼 팬들은 환호성을 내질렀다.

지난 30경기 동안 무패 행진을 달렸던 아스날에게 승리를 거뒀다는 사실에 잔뜩 흥분한 것 같았다. 그것도 얼마 전 유스에서 올라온, 그것도 며칠 후에야 만 17세가 되는 유망주의 환상적인 골로 인해 얻은 승리였으니 흥분하지 않는 게 이상할 터였다.

3,000명 정도의 아스날 원정 팬은 그와 정반대되는 표정을 짓고 있었다. 고작 에버튼 정도의 팀에게 일격을 당했다는 것을 믿지 못하는 팬들도 있었고, 왜 우린 저런 유망주가 없느냐는 말을 하는 팬도 있었다.

그 와중에 간간이 민혁과 벤틀리의 이름이 나왔지만, 아무래도 아스날을 상대로 환상적인 골을 넣은 루니에 비교하기엔 힘이 많이 떨어졌다.

"……."

민혁은 순간 불쾌함을 느꼈다. 자신의 이름을 꺼내던 아스날 팬이 옆에 있는 사람의 반박에 아무 말도 못 하고 입을 다무는 걸 본 순간이었다.

"왜 그래?"

"그냥. 기분이 좀 나빠서."

"뭐가?"

"루니보다 못하다는 이야기 듣는 거."

"응?"

저스틴은 이해를 못 하겠다는 표정을 짓다, 한참이 지나서 야 손뼉을 마주치며 입을 열었다.

"아, 너 원래 루니한테 경쟁심 가졌었지?"

"조금."

민혁은 여전히 미간을 좁히고 있었다. 그 모습이 어찌나 심 각했는지, 처음엔 피식 웃었던 저스틴도 잠깐 진지하게 생각 을 이어본 후 민혁을 달래듯 말했다.

"야, 야. 신경 쓰지 마. 너도 에버튼에 있었으면 리그에 출장 했을 거야."

"그건 그런데… 아스날 상대로 골을 넣진 못했겠지."

민혁은 냉정하게 자신을 판단했다.

에버튼의 미드필드를 책임지는 선수는 토마스 그라베센과 게리 네이스미스였고, 리 카슬리와 중국의 랴오닝에서 임대 온 리 티에(Li Tie)가 나머지 자리를 책임지고 있었다. 그 외엔 노장인 마크 펨브리지와 수비수를 겸하는 스티브 왓슨이 있 었는데, 그라베센과 네이스미스를 제외한 나머지는 지금의 민 혁도 충분히 경쟁을 할 수 있는 선수들이었다.

다시 말해, 아스날이 아닌 에버튼이라면 민혁도 리그에서 주전이나 로테이션으로 뛸 수 있으리란 이야기였다.

하지만 아스날과 같은 강팀을 상대할 때도 필드에 나올 수 있을까.

'힘들겠지?'

민혁은 판단을 끝내며 미간을 좁혔다. 수비와 역습 위주로 플레이를 진행해야 하는 상황이라면 자신을 쓸 감독은 아마 없을 터였다.

"골 가지고 뭘 그래. 넌 미드필더잖아."

"미드필더는 뭐 골 넣기 싫은 줄 아냐."

투덜댄 민혁은 화제를 바꿨다.

"기분도 꿀꿀한데 카레나 먹으러 가자. 내가 산다."

"런던에서?"

"그냥 여기서 먹고 가지 왜?"

"여기 음식 진짜 맛없어."

저스틴은 목을 조르는 시늉을 하며 혀를 내밀었다. 몰락한 공업 도시 리버풀의 음식점은 잉글랜드 전역을 통틀어도 가장 음식 맛이 없다는 평가를 받았고 저스틴도 그 평가에 십분 동의했다.

그 끔찍한 음식의 충격이 어찌나 강렬했던지, 그는 리버풀에 들를 때마다 16세 이하 팀에서 뛸 때 원정을 와서 먹었던 닭고기 스프의 비릿한 냄새가 아직도 코끝에 스며들고 있는 것 같은 착각마저 느끼고는 했다.

가볍게 웃은 민혁은 고개를 끄덕이며 그와 함께 차에 올랐다. 생각해 보니 리버풀에서 밥을 먹는 건 가급적 피해야 할 선택이었다.

민혁은 다음 날부터 훈련의 강도를 높였다. 루니가 프리미어리그에서 데뷔한 것을 본 이상, 자신도 리저브 레벨에서 멈춰 있고 싶진 않았다.

그로부터 두 달이 지난 2003년 1월 4일.

민혁은 FA 컵 3라운드 출전 명단에 이름을 올렸다.

3

2002-03 FA 컵

　FA 컵 제 3라운드, 옥스포드 유나이티드와의 경기에 출장해 풀타임을 뛴 민혁은 다음 라운드인 판 보로 FC와의 경기에서도 출장할 수 있었다. 두 팀 모두 아마추어 수준의 팀이라 리저브 팀 멤버들에게 기회가 간 덕분이었다.

　하지만 그 뒤에 치러진 세 경기엔 명단에도 오를 수 없었다. 그도 그럴 게 5라운드 상대는 맨체스터 유나이티드였고, 그다음 경기는 첼시와의 8강전이었다. 그리고 그 경기에서 2 대 2로 비긴 아스날은 8강 재경기를 첼시와 다시 갖게 되었으며, 그 경기에서 피레스 등의 주전을 풀가동한 끝에서야 3 대 1 승리를 거둘 수 있었기 때문이었다.

그다음 경기는 풋볼 리그 1의 강팀이자 프리미어리그 원년 멤버인 셰필드 유나이티드였다.

셰필드 유나이티드는 이번 시즌 승격이 될 가능성이 가장 높은 3개 팀 중 하나로 꼽히고 있었다. 사실상 프리미어리그 수준의 팀이라 보아야 한다는 이야기였다.

때문에 출전을 포기하고 있던 민혁은 모아시르로부터 뜻밖의 말을 전해 들었다.

"네? 선발요?"

"응. 그러니까 몸 관리 잘하래."

"갑자기 왜요?"

민혁은 의아함을 감추지 않았다. 리그와 FA 컵을 모두 노리고 있는 아스날은 1군 주전 멤버를 풀가동해 두 개의 트로피를 노리고 있었기에, 민혁은 자신이 출전하리라고는 생각할 수 없었던 것이다.

"16일에 맨유랑 리그전 있잖아. 피레스는 거기서 써야지."

"아……."

모아시르의 대답은 민혁의 의문을 해결해 주었다.

시즌 중반까지 리그 1위를 달리던 아스날은 맨유의 맹추격에 밀려 2위로 떨어진 상태였다. 하지만 승점 차는 고작 3점인 데다 아스날이 한 경기를 덜 치른 상태에 양 팀의 맞대결도 남아 있었다. FA 컵 준결승전인 셰필드 유나이티드 전이 끝난 후 3일 만에 벌어지는 빅 매치였다.

"거기서 맨유를 이기면 우승 가능성이 생기는 거니까 걸어 볼 만하지. 골 득실도 별로 차이 없잖아."

"그러네요."

민혁은 납득했다. 결국 자신은 리그 일정에 따른 반사이익을 보는 셈이었다.

"이건 기회야. 셰필드 상대로 제대로 활약하면 리그에서도 쓸 수 있다는 거니까."

모아시르는 진지한 표정을 지었다. 비록 이번 경기에서 활약해도 아스날 1군을 밀어내진 못하겠지만, 셰필드 유나이티드를 상대로 좋은 모습을 보이면 리그 경기에서도 벤치엔 앉을 수 있을 터였다.

"잠깐, 그럼 2군으로 FA 컵 4강을 치르는 거예요?"

"아니, 융베리랑 팔러는 경기에 나온대. 수비진은 1군 그대로 나올 것 같고."

"팔러야 사실상 백업이잖아요."

"뭐, 그렇기야 하지. 그래도 수비진 1군에 융베리까지 있으면 해볼 만하잖아?"

"융베리 나오면 벤틀리는 못 나오겠고… 그래도 백업엔 있겠죠?"

"그렇겠지, 뭐."

민혁은 고개를 끄덕이다, 모아시르가 식탁 위에 내려놓은 봉투를 보고는 미간을 좁히며 물었다.

"근데 왜 또 맥도날드예요? 거기 그만둔 지 꽤 됐잖아요."

"점장이 할인해 주거든."

"…이번엔 또 뭘 산 거예요?"

민혁은 미심쩍다는 눈으로 그를 보았다.

일본에 있을 때 오타쿠화가 상당히 진행된 모아시르는 아직도 거기서 벗어나지 못했다. 민혁이 정식 계약을 하면서부터 재정에 여유가 생기자 일본에도 자주 들락거릴 정도였고, 세관에 무지막지한 관세까지 물어가며 물품을 사 오는 일도 잦았다.

아마도 맥도날드에서 아르바이트를 하며 생계를 유지할 때 억눌렀던 반작용 때문인 듯싶었다.

"아니, 뭐… 별거 안 샀어."

"아닌 것 같은데요."

민혁은 침대에서 일어나 모아시르의 배낭에 손을 대었고, 모아시르는 화들짝 놀라며 목소리를 높였다.

"야, 야! 그거 건드리지 마!"

"도대체 뭐가 있길래……."

배낭을 열어본 민혁은 할 말을 잃은 채 모아시르를 바라보았다.

배낭에서 나온 건 키노모토 사쿠라와 다이도우지 토모요의 피규어였다.

2003년 4월 13일.

아스날과 셰필드 유나이티드의 FA 컵 준결승은 맨체스터에 있는 올드 트래포드에서 진행되었다. 이 경기의 승자가 빌라 파크에서 열린 왓포드와 사우스햄튼전의 승자와 FA 컵의 행방을 놓고 결승을 치르게 되는 것이다.

"사람 많네."

민혁은 약 6만 명이 들어찬 올드 트래포드의 관중석을 바라보았다. 기껏 해봐야 4만 명도 들어가지 않는 하이버리와는 차이가 컸다. 벵거가 왜 그렇게 새 구장 건설에 집착을 했는지 확실하게 알 수 있는 모습이었다.

"어디에 정신을 팔고 있어?"

"그냥 관중 좀 봤어요."

"관중? 아, 꽤 많지?"

민혁은 융베리의 질문을 듣고는 고개를 끄덕였다. 이만한 관중 앞에서 뛰는 건 처음이라 조금은 긴장도 됐다.

잠깐 굳어 있던 민혁은 호흡을 골라 긴장을 가라앉히며 자리로 향했다.

아스날의 투톱은 프란시스 제퍼스와 실뱅 윌토르였고, 그 아래를 받치고 있는 건 민혁과 에두 가스파르와 레이 팔러, 그리고 프레드릭 융베리였다.

그 아래엔 1군 수비진인 애슐리 콜과 로렌이 풀백을 맡았고, 솔 캠벨과 마틴 키언이 센터백 자리에 위치해 있었다.

최후방에 있는 골키퍼는 데이비드 시먼이었다. 아마도 셰필드의 역습을 방지하기 위해 수비진은 1군으로 구성한 것 같았다.

'피레스랑 앙리만 아끼겠단 거네.'

민혁은 벤치를 힐끗 보곤 고개를 끄덕였다. 그 둘은 벤치에도 앉아 있지 않았다.

반면 베르캄프는 벤치에 앉아 있었다. 이제 나이가 나이인지라 풀타임 출장은 불가능했고, 리그에서 선발로 나서도 70분대가 되면 어김없이 벤치로 향하고 있었다.

그런 교체에 발끈하기도 했던 베르캄프였지만, 그는 벵거가 제시한 시간별 활동량을 보고는 불만을 품지 못했다. 확실히 70분을 넘어가면 활동량이 급격히 줄어드는 경향이 드러났기 때문이었다.

아마 이번 경기에 선발로 나오지 못한 것도 그런 이유 때문일 터였다.

"잘해라. 긴장하지 말고."

"긴장 안 해요."

레이 팔러는 민혁을 툭 치고 웃으며 지나갔다. 말은 그렇게 해도 얼굴에 남아 있는 긴장을 지우지 못했던 모양이었다.

그로부터 얼마 후, FA 컵 준결승전이 시작되었다.

셰필드는 수비에 집중하며 역습을 노렸다. 앙리와 피레스는 없지만 실뱅 윌토르와 프레드릭 융베리의 존재는 상대 팀을 긴장하게 하고 있었다.

거기에 작년 FA 컵 결승전에서 결승골을 뽑아냈던 레이 팔러의 움직임도 나쁘지 않았고, 선발 출장이 처음인 민혁의 존재도 셰필드 유나이티드 코치진의 머리를 아프게 했다. 작년 아스날 최연소 출장 기록을 세운 선수라는 건 알아도 1군에서의 경기 정보가 없기에 대응법을 마련할 수 없었던 탓이었다.

그렇게 아스날의 우세로 흘러가던 경기가 이어지던 중, 승부를 결정짓는 골이 터졌다.

전반 34분, 프레드릭 융베리가 골을 넣었다. 개인의 능력으로 만들어낸 환상적인 골이었다.

―프레드릭 융베리, 융베리 골입니다.

―FA 컵 준결승전의 승부를 가르는 골이 될지도 모르겠군요.

BBC의 중계진은 특유의 건조한 진행으로 융베리의 골을 알렸다. 갖가지 해설을 덧붙이는 한국의 중계와는 전혀 다른 타입의 전개였다.

융베리는 웃으며 돌아와 선수들과 손을 마주쳤다. 오랜만의 골이어서인지 기분이 좋아 보였다. 오른쪽 윙이니만큼 중앙 공격수들보다 득점에 대한 부담은 덜하겠지만, 그래도 마지막 골이 작년 11월 16일에 있었던 토트넘전이라는 게 마음에 걸렸던 모양이었다.

"골 축하해요."

"축하만 하지 말고 너도 넣어."

민혁은 피식 웃었다. 골을 넣고 싶다고 넣을 수 있으면 사람이 아니라 축구의 신이었다.

한 골을 허용한 셰필드 선수들은 수비를 포기하고 공격에 나섰다. 비록 상대가 디펜딩 챔피언인 아스날이라지만, 여기까지 올라온 이상 넋 놓고 포기할 수는 없다는 기세가 엿보이는 태도였다.

하지만 그들의 공격은 아무 효과도 보지 못했다.

레이 팔러는 적지 않은 나이에도 불구하고 열정적인 플레이로 중원을 채웠다. 페어를 이룬 에두 가스파르가 가지지 못한 수비력을 자신의 활동량으로 메꾸겠다는 듯한 플레이였다.

셰필드 유나이티드의 미드필더들은 그런 레이 팔러의 압박을 피해 롱패스 위주의 공격을 택했다. 하지만 그들의 패스는 솔 캠벨의 활약에 완전히 막혔고, 공을 따낸 아스날은 에두 가스파르와 민혁이 있는 왼쪽을 공략하다 융베리가 있는 반대편으로 패스를 돌리는 식으로 셰필드 유나이티드의 수비벽을 뚫었다.

그 결과는 이내 골로 나타났다. 후반 24분에 터진 제퍼스의 골이었다.

"우와아아아앗!"

제퍼스는 주먹을 불끈 쥐고 포효했다. 사실상 민혁이 떠먹여 준 거나 마찬가지였지만, 어쨌거나 골을 넣은 건 그였으니 좋아할 자격은 충분히 있었다.

승리를 확신한 벵거는 선수들을 교체했다.

융베리는 벤틀리와 교체되었고, 로렌은 저스틴 호이트와 교체되어 경기장을 떠났다. 맨유와의 리그 경기를 대비한 교체였다.

셰필드에선 교체가 없었다. 그들은 오히려 피치를 올렸다. 교체로 인해 아스날의 조직력이 삐걱거리는 틈을 타 점수를 만회하겠다는 생각이 뻔히 보였다.

"팔러! 여기요!"

막 공을 잡은 팔러는 중앙으로 파고든 민혁의 외침을 듣고는 공을 밀어주었다.

셰필드 유나이티드의 미드필더는 갑자기 속도를 높이는 민혁에게 놀라 손으로 잡아끌었다. 명백한 반칙이었다.

"악!"

비명을 듣고 달려온 심판 그레이엄 폴은 반칙을 한 수비수에게 카드를 선언했다. 노란색 카드였다.

"괜찮나?"

"…부러지진 않은 것 같네요."

민혁은 웃으며 답한 후 고개를 돌려 반칙을 가한 선수를 보았다.

'어라. 자기엘카네.'

그를 본 민혁은 상대방이 누군지 알아차렸다. 몇 년 후 에 버튼으로 이적해 주장까지 하게 되는 선수로, 필드플레이어지 만 빅클럽 백업 골키퍼와 비슷한 실력을 가지고 있는 걸로도 유명한 필 자기엘카(Phil Jagielka)였다.

"셰필드 소속이었구나."

민혁은 자리에서 일어나 무릎을 툭툭 털었다. 그러자 옆으 로 다가와 있던 데이비드 벤틀리가 민혁에게 바짝 붙어 귓속 말을 건넸다.

"찰 거야?"

"응."

"나 주면 안 돼? 여기 왼쪽이잖아."

"…그래라."

민혁은 프리킥을 양보하고 안쪽으로 향했다. 프리킥이라면 자신보다 벤틀리가 나은 데다, 위치와 각도도 직접 때려 넣기 에 그리 나쁜 장소가 아니었다.

벤틀리는 강력한 프리킥을 날렸다. 그러나 그 공은 셰필드 유나이티드의 수비벽에 막혀 데굴데굴 굴렀다. 그 공을 잡은 에두 가스파르는 슛을 날리려다 말고 한 템포 쉬어 수비를 제 치고는 침투하는 민혁을 바라보았고, 민혁은 오른손을 높이 들어 공을 달라는 사인을 보냈다.

에두 가스파르는 민혁을 향해 공을 띄웠다.

그 공은 셰필드 수비에게 차단당했다. 하지만 곧바로 뛰어든 벤틀리가 공을 빼앗아 뒤편으로 공을 돌려, 공격권은 아스날에게 되돌아갔다.

공을 받은 팔러는 한 번 더 뒤쪽으로 공을 돌렸다. 마틴 키언은 달려드는 폴 페시솔리도를 피해 솔 캠벨에게 패스를 주었고, 솔 캠벨은 전방을 향해 힘찬 패스를 날렸다. 마침 민혁이 있는 방향이었다.

공을 따낸 민혁은 그대로 좌측면을 돌파해 페널티박스 안으로 들어갔다. 100m 기록은 12초 7에 불과한 민혁이지만 남들보다 먼저 움직인 덕분에 가속이 붙어 있었고, 때문에 셰필드 수비수들은 민혁보다 한발 늦게 박스 안에 들어섰다. 각도는 없지만 키퍼와는 1 대 1이 이뤄진 상황이었다.

─아스날, 아스날 기회입니다. 아스날의 38번 윤, 페널티박스 안에서······.

BBC 중계진의 해설과 동시에, 민혁의 발이 공을 때렸다.

*　　　　*　　　　*

공은 골망을 흔들었다. 회전을 먹은 공이 아슬아슬하게 꺾이면서 골키퍼를 지나 골문 안으로 빨려 들어간 덕분이었다.

─아스날 골! 3 대 0이 됩니다.

─좋은 슛이었습니다. 들어갈 만했어요.

BBC 중계진들은 여전히 건조한 평가를 남겼다. 하지만 얼굴엔 놀랍다는 감정이 깃들어 있었다. 민혁이 보여준 슛 자체는 그렇게까지 특별한 것은 아니었지만, 이제 겨우 17세인 선수의 플레이라기엔 너무도 침착했던 까닭이었다.

그 경기에선 더 이상 골이 나지 않았다. 민혁은 1골 1어시스트로 BBC 평점 8을 받았지만 맨 오브 더 매치엔 뽑히지 못했다. 공격포인트를 기록한 두 번을 제외하면 별다른 영향력이 없었다는 평가를 받았으니 이해하지 못할 부분도 아니었다.

민혁 스스로도 그 점은 인지하고 있었다. 자신은 아직 프리미어리그에서 선발로 나설 정도의 선수는 아니었다. 피지컬을 강화해 몸싸움을 좀 더 보강하거나, 경험을 좀 더 쌓아 피지컬적인 열세를 기술로 뒤집을 수 있을 만큼의 감각은 갖춰야 했다.

FA 컵에서 앙리와 피레스를 아낀 아스날은 3일 뒤 열린 리그 경기에서 맨체스터 유나이티드를 잡아내고 승리를 거뒀다. 본래대로라면 무승부를 거둬야 했을 경기였지만, FA 컵을 뛰지 않은 피레스가 원래보다 뛰어난 활동량을 보이면서 경기의 승부를 가르는 골을 넣었기 때문이었다.

'잘하면 우승 팀이 바뀌겠는데?'

민혁은 흥미롭다는 표정을 지었다. 이번 승리로 아스날이 유리해진 탓이었다.

남은 리그 경기는 아스날이 5개였고 맨유는 4개였다. 산술적으로 아스날은 15점의 승점을 얻을 수 있고 맨유는 12점이 끝이라는 소리였다.

더구나 맨유와 아스날은 승점 70점 동률을 이루고 있었다. 거기에 라이벌전에서 승리를 거둔 아스날의 기세는 상승했고 맨유의 기세는 한풀 꺾였으니, 잘하면 이번 시즌 우승이 맨유가 아닌 아스날이 될지도 몰랐다.

…라고 생각했지만, 리그 우승은 맨유의 차지로 돌아갔다. 아스날이 볼튼 원더러스와 비기고 리즈 유나이티드에게 충격의 패배를 당한 사이, 맨체스터 유나이티드는 남은 네 경기를 전승으로 끝내고 승점 82점을 획득했기 때문이었다.

이제 아스날에게 남은 타이틀은 FA 컵 우승 하나밖에 없었다. 챔피언스리그에서도 두 번째 그룹 예선에서 떨어져 토너먼트에 진출하지 못했던 탓이었다.

결승전 상대는 왓포드를 2 대 1로 꺾고 올라온 사우스햄튼이었다.

경기가 열리는 곳은 웨일즈 카디프시에 있는 밀레니엄 스타디움이었다. 럭비와 축구를 비롯해 크리켓과 복싱, 거기에 모터사이클 경기까지 열리는 종합 스타디움이었는데, 2년 전부터는 웨일즈 축구대표팀의 홈구장 두 곳 중 하나로도 쓰이고 있었다.

민혁은 교체선수 명단에 올라 밀레니엄 스타디움에 들어서

게 되었다. 아마도 지난 준결승전에서 기록한 두 개의 공격포인트가 그를 명단에 들게 한 이유 같았다. 아직 경기 전체를 지배할 능력을 기대하긴 어렵지만, 후반 조커로서의 가능성은 있다고 판단한 모양이었다.

경기장에 들어온 민혁은 고개를 이리저리 돌리며 말했다.

"여기도 크네요."

"영국에서 네 번째로 큰 구장이야. 관중석이 무려 75,000석이라고."

레이 팔러는 감탄하는 민혁을 툭 치며 자리에 앉았다. 그도 민혁과 마찬가지로 교체선수 명단에 들어 있었다.

리그 우승을 놓친 아르센 벵거는 이번 FA 컵 결승전에 아스날의 모든 것을 쏟아부을 속셈이었고, 때문에 아스날의 선발 명단엔 앙리와 베르캄프, 그리고 비에이라와 질베르투 실바 등이 모두 포함되어 있었다. 백업 멤버인 팔러는 교체 명단에 있는 게 당연하단 뜻이었다.

경기를 준비 중인 선수들을 바라보던 민혁은 지나가듯 말했다.

"이번 리그 진짜 아까웠죠."

"그러게. 막판에 맨유도 잡았는데 말이야."

볼튼과의 무승부야 그렇다 치더라도, 리즈와의 경기에서 패한 건 정말이지 뼈아팠다. 그 경기에서 승리했다면 승점 1점 차이로 우승을 차지했을 테니 말이다.

더 아쉬운 건, 리즈의 분위기가 좋지 않았다는 사실이었다.

리즈는 아스날과 상대하기 전 10경기에서 3승 1무 6패를 달리고 있었다. 재정난으로 인해 리오 퍼디난드와 조나단 우드게이트 등을 전부 팔아버린 리즈는 20골을 터뜨린 마크 비두카와 14골을 넣은 해리 키웰의 분전에도 불구하고 강등권에서 허덕이고 있었고, 결국 15위란 기록으로 리그를 마감했다.

아스날과의 경기에서 이기기 전까지만 해도 리즈의 강등이 유력해 보이는 상황이었음을 생각해 볼 때, 그 경기에서 패한 건 정말 안타까운 일이었다.

"뭐… 강등권에 들어간 팀에게 발목 잡히는 일은 종종 있으니 어쩔 수 없지."

"그래도 아쉬운 건 아쉬운 거죠."

"왜? 우승 메달 못 받아서?"

"어차피 출전 수 못 채워서 우승을 했어도 못 받았어요."

팔러는 민혁을 향해 고개를 돌렸다.

"내년에 우승하면 내 거 너 주마."

"됐어요."

"주면 받아. 어차피 난 많아."

"내년 메달은 차마 못 줄걸요."

민혁은 진지한 표정으로 말했다.

다음 시즌인 2003—04 시즌은 아스날이 무패 우승을 기록하는 시즌이었다. 지금까지 민혁의 개입이 없는 일은 본래의 역사대로 돌아가고 있음을 생각해 볼 때, 민혁이 경기에 나가서 삽질을 하지 않는 한 무패 우승이 기록될 거라는 이야기였다.

"내년에 우리가 우승은 하고?"

"할걸요? 그것도 아주 놀라운 기록으로요."

"그럼 좋겠구나."

팔러는 피식 웃고는 경기장으로 눈을 돌렸다. 막 경기가 시작되는 순간이었다.

사우스햄튼은 만만하지 않았다. 그들은 프리미어리그에서 8위를 기록한 팀다운 경기력으로 아스날을 밀어붙였고, 빠른 전개를 노리던 아스날은 사우스햄튼의 역습으로 위기를 맞은 후 조심스러운 플레이를 이어가고 있었다. 아스날이 우위에 있기는 하지만 압도는 하지 못하는 흐름이었다.

"열흘 전이랑 다르네요."

"리그 경기?"

"네."

열흘 전 있었던 아스날과 사우스햄튼의 리그 경기는 6 대 1로 끝났다. 물론 아스날이 6이었다. 그때의 양 팀 스쿼드도 지금과 거의 동일함을 생각해 보면, 아마도 지난번의 패배가 사우스햄튼을 움츠러들게 하고 있는 것 같았다.

하지만 기회가 없지는 않았다.

민혁은 앙리의 활약을 보고는 입을 다물지 못했다. 한두 번 본 플레이도 아니긴 했지만 정말 괴물이란 생각밖에 들지 않았다.

특히 사우스햄튼의 5번인 클라우스 룬데크밤(Claus Lundekvam)이 손으로 옷자락을 잡고 늘어지는데도 끝까지 들어가 유효 슈팅을 날린 장면이 민혁의 눈길을 끌었는데, 민혁은 그 장면에서 자신의 약점을 보완할 방법을 찾을 수 있었다. 피지컬 압박이나 손을 사용한 반칙을 떨쳐내는 방식을 미묘하게나마 캐치할 수 있었던 것이다.

'조금만 연습하면 쓸 수 있겠는데……'

민혁은 머릿속으로 앙리의 플레이에 자신을 대입해 보았다. 앙리와 같은 속도는 낼 수 없는 자신이지만, 그래도 그 나름대로 따라 할 방법은 있었다. 어릴 적부터 유연성에 바탕을 둔 테크닉을 집중적으로 연마한 덕분이었다.

양 팀의 경기는 계속해서 팽팽하게 흘러갔다. 아직 전반 35분이 지난 시점이지만, 이래서야 점수가 나올까 싶은 생각까지 들게 할 정도였다.

소강상태를 끝낸 건 피레스였다.

그는 혼전 상태에서 튀어나온 공을 잡아 사우스햄튼의 골문 안으로 슛을 날렸다. 골키퍼는 손을 뻗어 공을 막으려 했지만, 공은 무정하게도 골키퍼의 수비를 뚫고 골문 안으로 들어가 버렸다. 1 대 0이 되는 순간이었다.

급해진 사우스햄튼은 경기가 재개되자마자 공격에 집중했으나 별다른 이득은 보지 못했다. 오히려 선수들의 체력만 낭비하는 꼴이었다.

사우스햄튼의 예봉이 꺾이자, 벵거는 에두 가스파르를 불러들이고 민혁을 투입했다. 그가 사우스햄튼 미드필더와 몸싸움을 벌이며 체력이 많이 떨어졌다 판단한 것이다.

민혁은 20분 정도를 남겨두고 필드에 들어섰다. 이기고 있는 상황이어서인지 마음은 편했다.

─베르캄프, 윤, 앙리, 다시 윤.

─아스날 공격이 정적으로 돌아갑니다. 무리할 생각이 없네요.

현장 중계진의 건조한 해설이 이어지는 가운데, 초조해진 사우스햄튼은 압박의 강도를 높였다. 그들로서도 유일하게 가질 수 있는 타이틀을 놓치고 싶지 않은 모양이었다.

중앙에 자리를 잡고 있던 민혁은 압박에 밀려 공을 돌렸다. 뒷일을 생각하지 않고 달려드는 사우스햄튼 선수들의 거친 플레이에 부담을 느껴서였다.

바로 그다음 순간, 백패스를 받으려던 애슐리 콜이 공을 놓쳤다. 필드에 생긴 이레귤러 때문이었다.

사우스햄튼의 미드필더 매튜 오클리는 기회를 놓치지 않았다.

─오클리, 오클리 달립니다!

─솔 캠벨 공을 놓칩니다. 오클리의 패스가 좋습니다.

─케빈 데이비스 헤딩! 오클리가 다시 이어받습니다.

─오클리, 오클리, 골! 매튜 오클리 동점골을 기록합니다!

왼발로 공을 밀어 넣은 매튜 오클리는 온몸으로 기쁨을 표현하며 괴성을 질렀다. 1 대 0으로 끝났어야 할 경기가 1 대 1이 되는 순간이었다.

당황한 민혁은 입을 뻐끔거렸다.

'이게 뭐야······.'

*   *   *

다행히 승부의 결과는 바뀌지 않았다. 정신 줄을 놓아버릴 뻔했던 애슐리 콜을 본 키언이 다가가 그의 정신을 수습해 줬고, 한층 더 공격에 집중한 앙리와 베르캄프 조합이 추가득점에 성공해 준 덕분이었다.

덕분에 경기는 2 대 1로 마감되었다. 아스날의 FA 컵 우승이었다.

사우스햄튼 선수들의 표정은 그렇게까지 나쁘지는 않았다. 비록 우승컵은 놓쳤지만 UEFA 컵 진출에 대한 기대감이 있던 덕분이었다.

대회 수준 하락을 우려한 UEFA가 태클을 거는 2014─15 시즌이 되기 전이라, 우승 팀이 이미 유럽 대회 진출을 확정했을 경우 FA 컵 우승으로 인한 유럽 대회 진출권은 준우승 팀에게 양도되는 시기였기 때문이다.

"고생했다."

"……."

"왜 그래?"

피레스는 아무 대답도 하지 않는 민혁을 툭툭 치며 물었다. 비록 실점으로 이어진 백패스를 했다고는 해도 민혁이 책임질 문제는 아니었다. 그건 어디까지나 이레귤러로 인한 불운이었고, 그걸 감안하지 않는다 해도 패스를 제대로 받지 못한 애슐리 콜의 지분이 훨씬 큰 문제였다.

"아까 실수 때문에 그래?"

"뭐… 그렇죠."

"그런 거 신경 쓰지 마. 선수 생활 하다 보면 그런 일 많아."

"지면 안 될 경기였으니까, 그렇죠."

피레스는 웃으며 말을 받았다.

"모든 경기가 지면 안 될 경기지. 하지만 모든 경기를 이길 순 없어."

"음… 그게 아니라……."

민혁은 어색한 표정을 지었다. 원래 아스날이 이기게 될 경기를 말아먹을 뻔했다고 말할 수는 없던 까닭이었다.

피레스는 민혁의 어깨를 한 번 더 치고는 벤치로 향했다. 어린 선수들이 흔히 겪는 일이라 판단한 탓이었다.

"모든 경기가 지면 안 될 경기라……."

피레스의 말을 되새기던 민혁은 불안에 휩싸였다. 자신의 개입이 항상 좋은 결과를 가져오는 건 아닐 수도 있음을 새삼스레 깨달은 탓이었다.

만약 앙리가 추가골을 넣지 못했더라면, 아스날이 차지했어야 할 FA 컵 우승을 사우스햄튼이 낚아챘을지도 모르니 말이다.

살짝 몸을 떤 민혁은 조용히 다짐을 가졌다.

'정신 바짝 차리자. 무패 우승 망치면 안 돼.'

아스날에 있어, 무패 우승은 건드려서는 안 되는 신성한 무엇과 다름없었다. 물론 아직은 일어나지 않은 일이지만, 아스날 유스로 뛰면서 아스날에 깊은 소속감을 갖게 된 민혁으로서는 긴장할 수밖에 없는 일이었다.

하기야 아직 컵 대회에도 제대로 안착하지 못한 민혁이니만큼 리그 출전에 욕심을 내는 것부터가 무리였지만, 그래도 이런 일을 겪으니 살짝 움츠러드는 건 어쩔 수 없었다.

하지만 민혁이 그런 생각을 하고 있을 때, 벵거는 다음 시즌 구상에 민혁을 넣고 있었다.

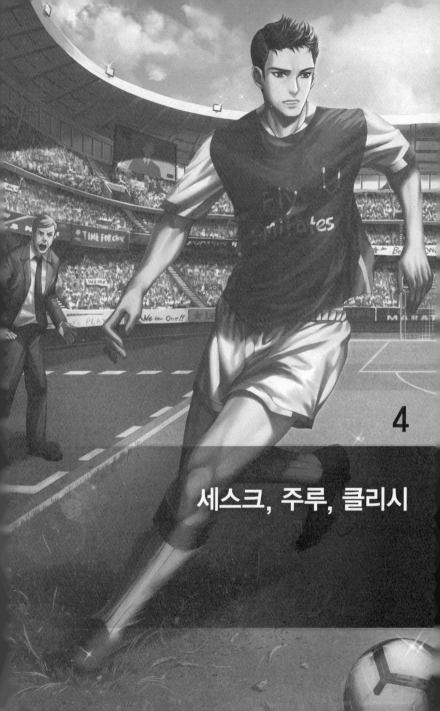

4

세스크, 주루, 클리시

FA 컵 우승 후 두 달이 지났다. 아스날이 무패 우승을 거두게 되는 2003-04 시즌의 개막이었다.

시즌 초, 아스날의 보드진은 바쁘게 움직였다. 그 어느 때보다도 이적과 임대가 많이 이루어지는 느낌이었다.

오랫동안 아스날의 골문을 책임지던 데이비드 시먼은 자유이적으로 맨체스터 시티로 향했다. 작년 겨울 보루시아 도르트문트에서 영입한 옌스 레만이 그 후임자였다.

작년 왓포드로 임대를 갔다 온 저메인 페넌트는 이번 시즌에도 임대생 처지를 면치 못했다. 이번 행선지는 간신히 강등을 면한 리즈였는데, 리즈는 아마도 500만 파운드라는 헐값에 리버풀로 이적한 해리 키웰의 빈자리를 페넌트로 채울 생각인 모양이었다.

에두 가스파르에게 백업 자리마저 밀려 버린 지오반니 반 브롱크호스트는 FC 바르셀로나로 임대되었다. 지난 시즌 라리가에서 6위를 했던 바르셀로나로서는 아스날에서 백업으로도 쓰지 못하는 브롱크호스트를 주전으로 써야 할 만큼 상태가 좋지 않았기에, 그의 임대는 양 팀 모두에게 윈윈(Win-Win)이 되는 선택이었다.

그리고 그동안 아스날의 많은 사람들을 가슴 아프게 했던 프란시스 제퍼스의 처리도 끝났다. 그의 친정 팀인 에버튼으로의 복귀였다.

비록 이적이 아닌 임대였지만, 그로 인해 골머리를 썩던 수많은 사람들의 입에서 환성이 터지게 하는 소식이었다.

나가는 사람이 있으면 들어오는 사람도 있는 법.

이번 시즌엔 민혁에게 익숙한 사람들이 대거 이적해 왔다. 프랑스의 에투알 카루즈에서 이적해 온 요한 주루, 그리고 AS 칸에서 이적해 온 가엘 클리시와 FC 바르셀로나에서 아스날로 온 세스크 파브레가스가 그들이었다.

'파브레가스네.'

민혁은 경기장에 나타난 파브레가스를 보고는 신기하단 느낌을 받았다. 베르캄프나 앙리 등을 처음 만났을 때와 비슷한 느낌이지만, 어쩐지 그보다 조금 더 짙은 놀라움이 느껴졌다.

아마도 회귀 전에 가장 인상이 깊었던 아스날 선수이기 때문인 듯싶었다.

"바르셀로나에서 온 파브레가스다. 포지션은 공격형미드필더지. 아직 영어에 익숙하지 않으니까 많이들 도와주기 바란다."

그를 데려온 벵거는 짧은 소개를 끝내며 구장을 떠났다. 표정으로 보아 처리해야 할 문제가 있는 것 같았다.

의아해하던 민혁은 파브레가스를 보고는 상황을 이해했다. 아마도 바르셀로나가 제기한 소송이 문제일 터였다.

'해적질 운운하다가 팩트로 얻어맞고 침묵하겠지.'

하기야 바르셀로나의 입장도 이해가 되지 않는 건 아니다. 애지중지까지는 아니더라도 쏠쏠하게 키워왔던 유망주를 노동법 차이 때문에 빼앗겼으니 분노가 치미는 것도 이상하지 않으니까.

하지만 그럴 거면 선계약이라도 해두는 게 좋았다. 메시에게 했던 것처럼 말이다.

사실, 메시도 파브레가스와 마찬가지로 아스날의 이적 제의를 받았다. 하지만 그는 바르셀로나에 그대로 남았는데, 잉글랜드의 한 기자는 아스날이 메시 가족이 살 집을 구하지 못했기 때문이라 주장했지만 그보다는 바르셀로나가 제시한 계약이 메시를 남게 했다는 쪽이 사실에 가까웠다.

하기야 메시는 15살이던 2003년에 FC 포르투와의 친선경기에 출전을 시킬 정도로 아끼던 유망주였다. 다시 말해 이적 소동이 일어나기 훨씬 전부터 파브레가스나 피케보다 중요한 선수로 생각하고 있었다는 이야기였고, 그렇기에 회장 선거 문제로 혼란을 느끼는 와중에도 확실한 계약을 제시해 잡았을 터였다.

그것까진 납득할 수 있는 일이었지만, 당시까지만 해도 메시보다 못할 게 없던 유망주임에도 다른 취급을 받은 파브레가스와 피케로서는 배신감을 느낄 만한 일이었다.

어쨌거나 파브레가스의 아스날 이적이 번복되는 일은 없을 게 분명했다. 아스날은 법적인 보상금 외에도 아직 못 받은 이적료 잔액과 친선경기 입장료 수익 포기 등을 포함한 7~800만 파운드를 파브레가스의 이적료로 제시할 터였고, 바르셀로나도 그것에 만족해 더 이상의 항의를 하지 않을 테니 말이다.

"…윤?"

"네?"

생각에 잠겨 있던 민혁은 솔 캠벨의 목소리를 듣곤 고개를 돌렸다.

"뭘 그렇게 생각해?"

"그냥 이것저것요."

"싱거운 놈."

캠벨은 어깨를 으쓱하며 민혁에게 향했던 관심을 지웠다.

파브레가스를 살피려 하는 것 같았다.

그가 막 고개를 돌릴 때, 뭔가를 생각하던 베르캄프는 새삼 놀란 눈으로 민혁을 보았다. 언젠가 민혁이 했던 말이 떠올랐기 때문이었다.

'저 녀석 분명히……'

그는 입을 살짝 벌린 채 민혁을 보았고, 그를 발견한 민혁은 그를 마주보며 물었다.

"뭐 할 말 있어요?"

"너, 저 녀석 올 줄 어떻게 알았어?"

"네?"

"예전에 그랬잖아. 바르셀로나에 있는 세스크 파브레가스가 아스날 차기 에이스라고."

"…그랬나?"

민혁은 능청을 떨다 고개를 돌렸다. 그 모습에서 대답을 듣긴 글렀다고 생각한 베르캄프는 고개를 저은 후 새로 온 이적생들에게 시선을 고정시켰다. 민혁이 아스날의 차기 에이스라고까지 말했던 파브레가스가 어떤 선수인지 궁금하다는 생각도 얼굴에 떠올라 있었다.

생소함에 당황하던 파브레가스는 말을 걸어오는 질베르투 실바와 에두 덕분에 안정을 찾았다. 스페인어 사용자와 포르투갈어 사용자라는 차이는 있지만, 그 두 언어는 형제어라기보다는 사투리에 가까울 정도로 비슷했기 때문이었다.

'뭐, 같은 유럽어족이니까 영어도 금방 익히겠지.'

민혁은 어깨를 으쓱한 후 자리로 돌아가 훈련을 재개했다. 자율 훈련이니만큼 다른 사람들에게 신경을 쓰지 않아도 된다는 게 편했다.

하지만 자율 훈련은 코치의 개입으로 끝을 맺었다. 어색해하는 파브레가스를 본 팻 라이스가 훈련의 내용을 바꾼 것이다.

"모두 정지! 공 놔두고 이리 와!"

훈련은 자율에서 7 대 7 미니 게임으로 변경되었다. A 팀은 기존의 주전들로 이루어진 팀이었고, B 팀은 새로 영입된 선수들에 윌토르와 에두 가스파르가 추가된 팀이었다. 누가 보아도 A 팀이 전력에서 앞설 게 뻔했지만, 어차피 영입생들의 긴장을 풀어주기 위한 게임이라 크게 신경을 쓰는 사람은 없었다.

구경하는 입장이 된 민혁은 베르캄프, 키언, 카누와 함께 경기 구획 밖에 앉아 양 팀의 경기를 보았다.

파브레가스는 그 경기에서 자신의 천재성을 유감없이 발휘했다. 레만의 반사신경이 아니었으면 골이 나왔을 상황이 세 번이나 나온 것이다.

"저거 뭐야?"

베르캄프는 눈을 크게 뜨며 감탄을 터뜨렸다. 16살밖에 안 된 꼬마의 플레이가 아닌 것 같았다.

"저 꼬맹이 처음 볼 때랑 비슷한 느낌인데?"

옆에서 감탄을 터뜨리던 키언의 눈이 민혁을 향했다. 팔러를 찾아 아스날 1군 훈련장에 왔을 때의 민혁이 떠오른 모양이었다.

"너 긴장해야겠다."

"충분히 하고 있어요."

민혁의 표정은 정말로 진지했다. 자칫 잘못하다간 파브레가스의 백업 신세가 될 거라는 생각이 머릿속에 가득했다. 하기야 아스날에 있는 동안 유럽 최고의 패서로 꼽혔던 사람이 파브레가스니, 저런 모습을 보이는 건 하나도 이상하지 않았다.

'아마 5시즌 연속 유럽 최다 어시스트에 키패스(Key Pass) 기록자였던가……'

회귀하기 전의 이야기지만, 세스크 파브레가스는 바르셀로나로 이적하기 전까지만 해도 유럽 최고의 패서로 꼽히고 있었다. 스페인 국가대표에서 주전을 차지하지 못한 건 바르셀로나와 레알 마드리드 선수들이 주축을 이루고 있기 때문이고, 사실은 파브레가스가 사비 에르난데스보다 뛰어나다는 이야기도 심심찮게 나왔다.

비록 바르셀로나로 이적한 후 급격히 망가졌지만, 아스날에 있던 당시의 파브레가스는 그 누구도 인정하지 않을 수 없는 월드 클래스였다.

'키패스 2위였던 사비보다 40개 이상 기록이 좋았으니 그럴

만하지.'

중얼대던 민혁은 이어진 파브레가스의 플레이에 눈을 크게 떴다. 완벽하다고밖에 말할 수 없는 로빙 스루가 전방에 있던 월토르에게 연결된 것이다.

월토르는 그만 공을 놓쳤다. 그래도 클래스가 있는 선수라 패스에 반응은 했지만, 생각지도 못했던 타이밍에 들어온 패스라 정확히 받아 슛을 할 순 없었다.

"오, 미안."

파브레가스는 손을 들어 괜찮다는 사인을 보냈다. 월토르는 머리를 슥슥 긁은 후 원래의 자리로 돌아갔고, 베르캄프는 민혁을 돌아보며 입을 열었다.

"드리블 빼고는 너보다 나은 거 아냐?"

"맞아요."

민혁은 태연히 사실을 인정했다. 하기야 루니와 동급의 선수인 파브레가스라면 저 정도는 충분히 해줘야 했다.

그래도 드리블 하나만큼은 민혁 자신이 나았다. 그렇다면 반드시 파브레가스에게 밀린다고 할 수도 없었다. 파브레가스의 패스도 훌륭한 무기지만, 자신의 드리블도 그에 못지않은 무기가 될 수 있었다.

조금 더 경기를 보던 팻 라이스는 파브레가스를 불러들이고 민혁을 투입시켰다. 아마도 민혁과 파브레가스의 플레이를 비교해 보기 위함인 것 같았다.

"쟤 잘하던데? 긴장되겠어."

"약간요."

월토르는 씨익 웃고는 민혁의 어깨를 가볍게 쳤다. 너무 긴장하지 말라는 의미였다.

민혁은 어깨를 으쓱하며 파브레가스가 있던 자리로 향했다. 2—3—1 중 가운데 3의 중앙이었다.

"실바, 이쪽으로 나와!"

"음?"

"저 녀석, 말 상대 좀 해줘. 비에이라가 대신 들어가고."

팻 라이스는 상대 팀의 중원에 있던 질베르투 실바를 내보내고 비에이라를 들여보냈다. 포르투갈어 사용자가 한 명 정도는 파브레가스에게 붙어 있어야 한다고 생각하는 모양이었다.

교체를 끝낸 팻 라이스는 미니 게임을 계속 진행시켰다. 승부를 가르는 의미는 없지만, 파브레가스와 클리시, 주루 등의 영입 멤버에게 팀 전술의 기본 개념을 이해시키고자 하는 훈련이었다.

막 민혁이 공을 잡는 순간, 파브레가스의 눈빛이 살짝 변했다.

"저기, 질문이 있는데요."

"왜?"

"…쟤 몇 살이에요?"

질문을 받은 질베르투 실바는 목을 살짝 쓰다듬으며 기억을 더듬다 반대편을 바라보며 입을 열었다.

"윤이 올해 몇 살이지?"

"아마 19살쯤 됐을걸?"

"18살이에요. 며칠 더 있어야 19살이고요."

"아, 그래?"

저스틴 호이트는 고개를 끄덕였다. 자신과 동갑이라는 설명이 그 뒤를 이었다.

그러는 사이, 패스를 주고받던 민혁이 돌파를 시도했다. 라 크로케타를 사용해 비에이라와 융베리의 사이를 뚫을 생각이었다.

시도는 성공했다. 민혁이 라 크로케타를 자주 쓴다는 걸 아는 비에이라가 융베리와의 사이를 최대한 붙이려 했지만, 그가 자신의 생각을 눈치챘음을 느낀 민혁이 타이밍을 비틀어 만든 시간이 비에이라와 융베리의 조합에 구멍을 뚫어버린 덕분이었다.

"엇!"

비에이라와 융베리는 당혹성을 터뜨리곤 몸을 돌렸다. 월드클래스 선수들다운 반응이었다.

하지만 이 경기는 미니 게임이라, 민혁을 따라잡을 만한 거리가 나오지 않았다.

돌파에 성공한 민혁은 옌스 레만의 오른쪽으로 공을 밀어 넣어 만회골을 넣었다. 스코어는 민혁이 오기 전 기록한 4 대 2에서 4 대 3으로 변했고, 팻 라이스는 자리에서 일어나 박수까지 쳤다.

그로선 좀처럼 보이지 않는 반응임을 생각해 보면, 그가 방금 전의 플레이를 어떻게 생각하고 있는지 알 수 있었다.

질베르투 실바는 파브레가스를 향해 웃으며 말했다. 너와 같이 뛰게 될 선수가 저 정도 실력은 된다는 걸 느끼게 해주고 싶어서였다.

"대단하지?"

"그러네요."

파브레가스는 웃으며 고개를 끄덕였다.

하지만 그가 고개를 돌리자, 민혁을 보는 파브레가스의 표정은 금세 찌푸려졌다.

*　　　　*　　　　*

2003—04 시즌, 아스날은 광란의 질주를 하고 있었다.

그들은 에버튼과의 개막전을 2 대 1로 이긴 후 이어진 20 경기 모두를 무패로 끝냈다. 지난 시즌 루니의 골로 30경기 무패 행진이 끝나 버린 그들이었기에, 이번 시즌 맞이한 에버튼과의 두 경기 모두를 무사히 보냈다는 데에 안도하는 사람도 있었다.

그렇게 이어진 무패 행진으로 기세가 오른 그들은 리그 22 라운드인 아스톤 빌라와의 일전을 앞두고 있었고, 리즈를 만난 FA 컵 3라운드도 4 대 1이라는 스코어로 대승을 거뒀다.

아스날은 이번 시즌 칼링 컵으로 명칭이 바뀐 리그 컵에서도 나쁘지 않은 성과를 거뒀다. 12월 2일에 있었던 울버햄튼 원더러스와의 4라운드에선 이적한 지 얼마 안 된 파브레가스가 골을 넣기까지 했을 정도였고, 16일 있었던 웨스트 브롬위치 알비온(WBA)과의 경기도 2 대 1 승리를 거둬 준결승에 진출해 있었다. 세 번만 더 이기면 우승이란 이야기였다.

그동안 좋은 성과를 내지 못했던 챔피언스리그도 16강 진출을 확정한 상태였다. 상대 팀인 셀타 비고의 전력이 아스날보다 한 수 처짐을 생각하면, 사실상 8강 진출이 유력하다 생각해도 좋았다.

그 좋은 분위기 속에서, 아스날은 선수들의 스피드 측정을 하고 있었다.

"윤, 12초 74."

퍼스트 팀 코치로 올라온 돈 호우는 막 선을 넘은 민혁의 기록을 불렀다. 아스날 평균에 조금 못 미치는 스피드였다.

그는 기록지에 '12.74'라는 숫자를 적어놓고는 민혁을 보며 입을 열었다.

"좀 느려진 거 아냐?"

"아니에요. 최고 기록이 12초 6이었거든요."

돈 호우는 어깨를 으쓱하며 시선을 돌렸다. 다음 주자인 프랭크 시멕이 있는 방향이었다.

민혁이 라인 밖으로 나오자, 그를 보던 로렌이 말했다.

"좀 아깝네. 11초대에만 들어도 베르캄프 자리에 들어갈 수 있을 텐데."

민혁은 어깨를 으쓱했다. 타고난 유전자가 단거리 질주에 적합하지 않은 걸 어쩌란 말인가.

"근데 베르캄프도 그렇게 빠른 건 아니잖아요."

"젊을 땐 엄청 빨랐어. 지금도 너보다 빠르잖아."

"그거야 뭐……."

그 말엔 반론을 할 수 없었다. 나이가 들어 은퇴를 고민 중인 베르캄프도 민혁보다 1초 가까이 빨랐으니 말이다.

그 점을 떠올린 민혁이 찌푸려진 얼굴로 고개를 끄덕일 때, 슬쩍 다가온 투레가 입을 열었다.

"너 50m 몇 초 나오지?"

"6초 3정도요."

"…보통 그 정도 나오면 100m는 11초대 찍어야 되는데."

"어차피 미드필더가 100m 전력 질주 할 일은 없잖아요. 구장 길이가 길어봐야 최대 110m인데."

"뭐, 그렇기야 하지."

콜로 투레의 고개가 끄덕여졌다. 민혁의 항변도 일리가 있었다.

하기야 미드필더가 12초대라면 나쁘지 않았다. 스피드 스타가 많은 EPL에선 스트라이커나 윙으로 쓰기에 부적합한 스피드지만, 좀 더 레벨이 낮은 리그거나 지공을 선호하는 팀이라면 윙어로 쓰는 것도 나쁘지 않으니까.

"중앙 미들치고는 빠른 편이지."

"어차피 윙은 벤틀리가 보겠죠."

"음……."

투레는 잠깐 고민하다 말했다.

"벤틀리 임대 간다는 이야기가 있던데."

"네? 어디로요?"

"몇 군데 제의가 와서 알아보고 있다는 이야기만 들었어. 아마 이번 시즌 끝나면 가게 되겠지."

이야기를 듣던 민혁은 날짜를 꼽아보다 입을 벌렸다. 잊고 있던 내용이 떠오른 탓이었다.

'아, 맞다. 벤틀리 슬슬 아스날을 나갈 시기지.'

민혁은 잠깐 씁쓸해졌다. 그래도 16세 이하 팀부터 계속 봐 왔던 벤틀리가 아스날에서 사라질 거라는 생각이 들자 왠지 기분이 묘했다. 이적한 선수들이 없는 건 아니지만, 그래도 저스틴 호이트를 빼면 가장 친하게 지냈던 사람이기 때문이었다.

만약 벤틀리가 좀 더 노력을 했다면 달라졌을 가능성도 있기에 아쉬움이 컸다. 당장 저스틴 호이트만 해도 민혁이 회귀

하기 전과 달리 매우 중요한 유망주 취급을 받고 있지 않은가.

하지만 벤틀리는 민혁이 회귀하기 전이나 지금이나 달라진 게 없었다. 이대로라면 결국 아스날에서 뛰기엔 조금 모자란 선수라는 평가를 받게 될 테고, 다른 팀으로 이적해 뛰게 될 게 분명했다.

민혁이 그런 생각을 하고 있을 때, 막 달리기를 끝낸 스파이서를 보던 비에이라가 입을 열었다.

"근데 좀 아쉽긴 하네. 피레스 자리에서 제대로 뛰려면 50m도 0.3초 정도는 더 빨라야 되는데."

"제가 그 속도가 나오면 피레스가 제 백업이었죠."

"건방진 소리 하긴."

비에이라는 어이가 없다는 표정으로 웃었다.

"테크닉은 비슷하잖아. 자신감 있어서 좋은데, 뭐."

"윽. 들었어요?"

"그럼 그걸 못 들어?"

어느새 다가온 피레스가 웃으며 말했다. 경계심 같은 건 전혀 보이지 않는 모습이었는데, 그건 아마도 스스로에 대한 자신감과 11살이라는 나이 차 때문인 것 같았다.

그들이 잡담을 나누는 동안에도 측정은 계속되었다. 이번엔 이적생들 차례였다.

가장 먼저 스타트를 끊은 건 가엘 클리시였다.

"클리시, 11초 6."

"…빠르네."

민혁은 자기도 모르게 감탄을 토했다. 회귀 전 TV에서 볼 땐 그렇게 빠르다는 생각을 못 했는데, 이렇게 달리는 걸 직접 보자 새삼스레 감탄이 터지고 있었다.

"쟤가 윙으로 올라와서 너 밀어내는 거 아냐?"

"설마요."

민혁은 웃었다. 클리시는 아스날과 맨시티 양 팀에서 풀백으로만 활약한 선수였다. 임시방편으로 윙어의 역할을 맡은 적이 있기는 했지만, 민혁의 주 포지션인 중앙미드필더나 윙에서 경쟁할 선수는 아니라는 뜻이었다.

그다음으로 뛴 주루도 준수한 스피드를 보여주었다. 1군 스쿼드로 등록되진 않은 선수였지만 훈련은 같이하고 있기에 이 자리에 있었던 것이다.

주루는 중앙수비수로서는 괜찮은 스피드를 보여주었다. 아주 빠르다고까지는 할 수 없지만, 체격 조건과 스피드만 놓고 보면 아스날 1군에서 뛰는 것도 어려울 게 없을 것 같은 느낌이었다.

하지만 민혁은 알고 있었다.

주루가 가진 건 저 두 가지가 전부란 것을.

'저스틴이 훨씬 낫지.'

민혁이 회귀하기 전의 저스틴 호이트는 주루에게 밀려 선더랜드로 임대를 가게 됐지만, 민혁에게 영향을 받은 지금의 저스틴 호이트는 전혀 다른 선수가 되어 있었다. 신체 조건과 스피드는 동일하지만, 공을 다루는 테크닉에 있어선 아예 다른 사람이라고 해야 할 정도였으니 말이다.

그러나 가장 중요한 수비 기술에 문제가 있다는 걸 생각해 보면, 미래가 아주 밝지는 않을 느낌이었다.

그러는 사이 다음 주자가 출발선에 들어섰다. 파브레가스였다.

그가 출발선에 서자, 잡담을 나누던 모두의 시선이 그쪽으로 향했다. 지난번 미니 게임에서 보여준 실력이 워낙에 뛰어났던 파브레가스였기 때문이었다.

그로부터 얼마 후, 약간은 힘이 빠진 듯한 돈 호우의 목소리가 들려왔다.

"세스크 파브레가스, 14초 84."

"음?"

마틴 키언은 놀란 표정을 지었다. 생각했던 것보다 너무 느렸다.

"너무 느린데?"

"지난번엔 그럭저럭 괜찮았던 것 같은데."

"그땐 미니 게임이었잖아. 전력 질주를 할 일이 없었지."

피레스는 담담히 현상을 분석했다. 스피드와 테크닉을 모두 갖춘 그로서는 파브레가스의 효용에 대해 충분한 분석을 내놓을 수 있었다.

"아무래도 이 꼬맹이가 저 꼬맹이보다 나은 것 같은데?"

"패스는 빼고요."

"그래, 패스만 빼고."

피레스는 민혁의 말을 긍정하며 웃었다. 경쟁자일 텐데도 냉정한 판단을 하는 민혁이 대견해 보였던 모양이었다.

"쟤 베르캄프 대체자로 쓰려고 데려온 거 아니었어? 저래선 그 자리에 못 쓰겠는데?"

"그거야 감독님이 알아서 하시겠지."

그들은 파브레가스에 대한 관심을 끊고 다음 주자를 바라보았다. 네덜란드 청소년대표팀 출신의 퀸시 오우수 아베이에였다.

모두가 그에게 시선을 고정시킬 때, 민혁은 불만스러운 표정을 지은 파브레가스를 보고는 옅은 안도감을 느꼈다. 적어도 스피드 면에선 그에게 밀리지 않음을 확인한 탓이었다.

하기야 이상할 건 없었다. 회귀 전의 기억에 따르면 파브레가스는 EPL에서 가장 느린 선수 3위로 꼽혔던 적도 있었으니 말이다.

'아, 이런 걸로 좋아하면 안 되지.'

잠깐 안도하던 민혁은 가볍게 고개를 저었다. 아무리 경쟁자라도 남의 약점을 발견하고 좋아하는 건 프로답지 못한 행동이었다.

민혁이 자기반성을 하고 있을 때, 스피드 측정 결과를 전부 확인한 팻 라이스는 벵거와 잠깐 이야기를 나눈 후 선수단에게 연습경기가 있음을 알렸다.

"윤, 세스크, 벤틀리, 호이트 너희는 조끼 입어."

"…네?"

민혁은 의외라는 표정으로 팻 라이스를 바라보았다. 보통 1군의 백업으로 대기를 하던 자신과 벤틀리가 주전을 상대해야 한다는 사실에 놀랐기 때문이었다.

팻 라이스는 당황한 민혁을 향해 짧게 말했다.

"조끼 입은 쪽이 리그 컵 준결승전 스쿼드다."

"거기 나가요? 선발로?"

"그래."

"왜요?"

"주전들은 18일 리그 경기 뛰어야 되니까."

그 설명은 민혁을 납득시켰다.

1월 18일 오후 2시는 아스톤 빌라와의 리그 경기가 열리는 시간이었고, 미들즈브러와의 칼링 컵 경기는 1월 20일 오후 7시 45분에 열리는 걸로 예정되어 있었다.

두 경기 사이의 시간은 FIFA와 잉글랜드 FA에서 최소 휴식 시간으로 규정한 48시간에 부합하긴 했으나, 칼링 컵 4일 후에 FA 컵 4라운드가 있음을 생각해 보면 가운데에 낀 데다 비중도 가장 떨어지는 칼링 컵에 비주전을 내보내는 게 이치에 맞았다.

"우리가 이기면 나가는 경기 바꾸면 안 돼요?"

"…데이비드, 정신 차려."

민혁은 한심하다는 표정으로 벤틀리를 타박한 후 조끼를 걸쳤다. 괜히 리그에 나갔다가 무패 우승을 망치는 원흉이 되고 싶진 않았던 까닭이었다.

"그렇게 리그에 나가고 싶어?"

"당연하죠."

벤틀리는 도전 정신이 넘치는 눈으로 앙리를 보았다. 훈련 때도 저런 눈빛을 하고 있으면 얼마나 좋을까 하는 생각이 든 민혁이었다.

"잡담 그만. 경기 준비해라."

벵거의 목소리는 양 팀을 긴장시켰다. 그만큼 벵거가 아스날에서 가지는 권위가 대단하단 뜻이었다.

그는 1군이 모여 있는 리그 출전 팀을, 그리고 팻 라이스는 백업 멤버가 모여 있는 칼링 컵 출전 팀을 맡아 전술을 설명했다. 사용하는 전술은 양 팀 모두 4—4—2지만 세부적인 부분에 차이가 있었다. 벵거는 선수들의 능력을 믿고 최대한 자율성을 허용했지만, 백업 멤버로 팀을 이끌어야 하는 팻 라이스는 선수들에게 사소한 부분 하나하나를 지적하며 집중을 요구했다.

"다들 알아들었지?"

"네."

"좋아, 다들 부상 조심하고. 무리한 태클 하지 마라."

팻 라이스는 가장 가까이 있던 제레미 알리다에이르의 어깨를 툭툭 치며 선수들을 안으로 들여보냈다.

양 팀 선수들이 안으로 들어오자, 벵거는 입에 문 휘슬을 불었다.

*　　　　*　　　　*

민혁의 포지션은 중앙이었다. 투톱은 제레미 알리다에이르와 은완코 카누였고, 그 아래를 제롬 토마스와 민혁, 그리고 세스크 파브레가스와 벤틀리가 받치고 있었다.

포백은 가엘 클리시와 저스틴 호이트가 담당하고, 파스칼 시강과 마틴 키언이 센터백을 맡는 구성이었다.

골키퍼는 아일랜드 출신의 그레이엄 스택이었다. 레만을 제외하면 1군에 등록된 유일한 골키퍼였지만 그다지 믿음은 가지 않았다.

'이길 리가 없지.'

민혁은 상대편을 바라보며 어깨에 힘을 뺐다. 앙리와 베르캄프 투톱은 물론, 피레스와 비에이라, 거기에 질베르투 실바와 프레드릭 융베리로 이루어진 2선을 막을 방법도 전혀 떠오르지 않았다.

거기에 상대방의 포백은 애슐리 콜, 솔 캠벨, 콜로 투레, 로렌으로 이루어졌고 골키퍼는 옌스 레만이었다. 전설의 무패 우승 멤버 그대로란 뜻이었다.

"연습경기니까 긴장할 거 없어. 힘 빼고 발 맞추는 데 주력해."

2군 팀 중에서 가장 고참인 카누가 선수들을 다독였다. 하지만 별로 효과는 없어 보였다.

예상대로, 2군 팀은 1군의 공격에 속수무책이었다. 선수들의 능력도 많이 떨어지는 데다 조직력 차이도 극명하게 드러났다. 마치 누군가가 컨트롤러로 조작이라도 하는 것처럼 발이 잘 맞는 1군과 달리, 2군은 간단한 패스도 중간에 끊기는 일이 많았다. 새로 온 선수들과 기존 선수들의 호흡과 패턴이 맞지 않아 벌어지는 현상이었다.

파브레가스의 패스도 별로 힘을 발휘하지 못했다. 같은 팀 선수들의 패턴을 전혀 이해하지 못하고 있던 그는 적절한 때에 패스를 넣지 못하고 머뭇거렸다. 은완코 카누나 제레미 알리다에이르, 그리고 왼쪽에서 공격에 나서는 제롬 토마스 등이 제때 뛰어줄 것인지에 대한 확신이 없었다.

"긴장 풀어. 시야가 좁아져 있어."

당황한 그를 본 질베르투 실바가 지나가듯 말했고, 파브레가스는 그제야 자신을 조금 진정시키고 경기장을 넓게 바라보았다.

파브레가스는 수비진에게서 들어온 공을 페어를 이룬 민혁에게 보냈다.

패스를 끊을 수 있던 질베르투 실바는 일부러 파브레가스의 패스를 막지 않았다. 일단 자신감을 키워줘서 팀에 적응을 쉽게 할 수 있도록 하기 위함이었다.

그로부터 몇 초 후. 레만이 그를 향해 소리 질렀다.

"실바! 제대로 안 해!"

"…들어갔어?"

질베르투 실바의 얼굴에 당혹감이 일었다. 자신감을 키워주려고 한 행동이 실점을 불러 버린 까닭이었다.

"저 꼬맹이 어떤 놈인지 몰라서 그래?"

"아, 미안, 미안."

그는 손을 들고 웃어 보이며 민혁을 향해 입을 열었다.

"야, 그걸 또 넣어버리냐."

"기회가 왔으면 넣어야죠. 당연한 거 아니에요?"

민혁의 대꾸를 들은 질베르투 실바는 어깨를 으쓱하며 자리로 돌아갔다.

그 직후, 반격에 나선 1군 팀의 롱패스가 융베리에게 이어졌다. 어수선한 틈을 타 롱패스에 이은 드리블 돌파를 생각하고 있는 것 같았다.

저스틴 호이트는 침을 꿀꺽 삼키곤 융베리를 막으려 했다. 터치 미스로 드리블이 길어진 것을 보고 들어가는 태클이었다.

저스틴 호이트의 태클이 이어진 다음 순간.

무표정하던 벵거의 얼굴이 흙빛으로 변했다.

＊　　　＊　　　＊

민혁은 불안함에 휩싸여 안절부절못했다. 갑작스러운 융베리의 부상으로 리그 출전 명단에 등록이 되었기 때문이었다.

'아니, 왜 나야……'

그는 이번 경기에서 오른쪽 윙으로 출전하게 되었다. 뛸 수는 있지만 익숙하진 않은 포지션이었다.

본래 그 자리는 융베리와 벤틀리의 자리였다. 그러니 융베리를 대신할 선수는 벤틀리겠지만, 벵거는 벤틀리 대신 민혁을 그 자리에 끼워 넣었다. 벤틀리보단 민혁이 경기에 대한 부담감이 덜할 거라는 판단에서 내린 결정이었다.

하지만 그건 벵거의 오판이었다. 민혁은 자신이 역사적인 무패 우승을 망칠지도 모른다는 생각에 엄청난 불안에 휩싸여 있었던 것이다.

비에이라는 불안해하는 민혁을 보며 입을 열었다.

"윤, 어깨가 좀 굳어 있는데?"

"긴장해서요."

"아, 리그 경기 선발은 처음이지?"

민혁은 천천히 고개를 끄덕였다.

그는 2라운드와 11라운드에서 교체로 그라운드를 밟았다. 하지만 그땐 이미 승리가 확정적인 상황이었던지라 부담이 전혀 없었고, 지금은 그렇지 않다는 차이가 있었다.

"괜찮아. 누구나 처음은 있어."

"그건 그런데……."

민혁은 전에 없는 초조함을 보였다. 자신의 실력에 자신감이 없는 건 아니지만, 무패 우승이란 위업이 걸려 있는 시즌이란 사실이 그를 자꾸 위축되게 하고 있었다.

잠시 그를 보던 비에이라는 민혁의 어깨를 툭 치며 말했다.

"너 굳어 있으면 벤틀리한테 욕먹는다."

"…그건 싫네요."

민혁은 그 말에 긴장을 떨쳐냈다

'그래, 이번 주만 잘 버티면 돼.'

그래도 다행인 건 융베리의 부상은 크지 않다는 사실이었다. 민혁은 딱 두 경기, 그러니까 이번 아스톤 빌라와의 리그 경기와 이틀 후 있을 칼링 컵에서만 융베리의 빈자리를 채우면 된다는 뜻이었다.

그나마도 칼링 컵은 본래 융베리가 빠질 예정이었으니, 어떻게든 이 경기만 버티면 되었다.

"잘하자고."

"네."

비에이라는 표정이 회복된 민혁을 보며 씨익 웃고는 자리로 돌아갔다. 아직 긴장이 완전히 지워지진 않은 것 같지만, 처음 선발 출전을 하는 선수가 저만한 긴장감도 없다는 건 말이 안 됐다.

융베리가 빠진 아스날은 평소보다 다이내믹함이 줄어 있었다. 기술적인 면에선 민혁도 융베리에 뒤지지 않았지만, 아무래도 자주 서지 않는 포지션인 데다 1군 주전과의 호흡에서 융베리보다는 떨어지는 게 당연하기 때문이었다.

그래도 민폐까지는 아니라는 느낌으로 경기를 하고 있을 때, 아스톤 빌라의 수비수 델라니의 파울로 프리킥이 주어졌다. 직접 슈팅이 가능한 지점이었다.

"찰래?"

"…사양할게요."

앙리는 가벼운 웃음을 보이며 프리킥 지점에 공을 놓았다.

주심의 휘슬과 함께 날아간 공은 아스톤 빌라의 골망을 흔들었다. 민혁의 부담감을 확연히 줄여주는 선제골이었다.

세리머니를 끝내고 돌아온 앙리는 민혁을 보고는 입을 열었다.

"긴장 좀 줄었어?"

"네, 덕분에요."

"그래? 그럼 점심은 네가 사."

"…정어리 파이라도 사드릴까요?"

앙리는 입을 쩍 벌렸다. 어떻게 그런 끔찍한 말을 할 수 있느냐는 표정이었다.

평정심을 되찾은 민혁은 본래의 실력을 유감없이 발휘했다. 위치가 익숙하지 않아 조금씩 중앙으로 몰리는 경향이 있긴 했지만, 민혁은 융베리의 빈자리를 거의 완벽하게 채웠다. 오히려 드리블을 통한 돌파라는 측면에선 융베리보다 효율적이라는 느낌마저 들게 할 정도였다.

하지만 수비력이나 활동량은 융베리에 미치지 못했고, 볼경합 상황에서 다소 늦는 측면도 있었다. 스피드 쪽에 약점이 있음이 드러나는 모습이었다.

아스톤 빌라는 그 점에 착안해 민혁이 있는 곳으로 공격을 집중했다. 가까스로 평정심을 찾았던 민혁을 다시 흔들리게 하는 요인이었다.

"윤이 좀 흔들리는 것 같습니다."

"…일단 좀 두고 보죠."

벵거는 왼손으로 턱을 만지며 경기에 집중했다. 로렌에게 다소 부담이 가중되는 느낌은 있었으나, 비에이라의 움직임이 변한 것을 확인한 덕에 어느 정도 안심도 되고 있었다.

그것은 중계진을 통해서도 알 수 있었다.

─비에이라, 다리우스 바셀에게 바짝 붙습니다. 평소보다 수비에 집중하고 있군요.

─첫 선발로 나온 아스날의 윤이 수비에 약점이 있기 때문인 것 같습니다. 비에이라로서는 마음 놓고 공격에 나가기 어

려울 겁니다.

―아스날은 융베리의 활동량이 그리울 겁니다.

중계진이 말하는 내용은 원정을 온 아스날 팬들의 심정을 대변하고 있었다. 그들도 유스 출신인 민혁에겐 응원을 보내고 있지만, 민혁이 있는 곳으로 공격이 집중되자 융베리가 그리워지는 건 어쩔 수 없었다.

'아, 짜증 나.'

민혁은 또 한 번 날아오는 공을 보며 울컥하고 말았다.

자신이 속도와 피지컬에 약점이 있는 건 분명하고, 그 점을 파고든 아스톤 빌라의 코치진과 선수들의 선택은 합리적이었다. 자신이 그들과 같은 입장이었어도 같은 전략을 취했을 게 뻔하니 말이다.

하지만 자신이 당하는 입장이라면 박수를 보낼 수는 없는 일이다.

"실바!"

민혁은 막 공을 탈취한 실바를 부르며 손을 들었다. 부족한 수비력을 공격력으로 메워주겠다는 의지가 보이는 모습이었다.

슬쩍 오른쪽을 본 질베르투 실바는 민혁의 앞으로 공을 밀어주었다.

민혁은 아슬아슬하게 공을 잡자마자 방향을 바꿔 수비를 제쳤다. 어찌나 유연하던지 민혁을 놓친 수비수가 급히 몸을 틀다 비명을 지르며 쓰러질 정도였다.

"악!"

졸로이드 사무엘이 비명을 터뜨린 순간, 민혁은 자신이 있던 자리로 파고든 베르캄프를 향해 패스를 보냈다.

패스를 받은 베르캄프는 뒤쪽으로 공을 넘겼다. 쇄도하는 앙리를 노린 것이다.

앙리는 그의 믿음을 배신하지 않았다.

―골! 티에리 앙리, 멀티골을 기록합니다.

―역시 앙리가 살리는군요. 멋진 골이었습니다.

―그 전 과정도 좋았습니다. 윤의 드리블과 베르캄프의 패스 모두 완벽했어요.

―네, 윤의 활약도 좋았습니다. 피레스가 두 명 있는 것 같은 느낌이었죠.

BBC 중계진은 평소처럼 담담히 말을 주고받았다. 그러나 그 안에 담겨 있는 놀라움은 방송을 듣는 청취자 모두가 알아챌 수 있었다. 리그는 첫 출전인 민혁이 저렇게 좋은 모습을 보여주리라고는 상상도 하지 않고 있던 까닭인 듯싶었다.

아스날이 앙리의 득점에 환호하고 있을 때, 주심 마크 알할시는 의료진을 향해 수신호를 보냈다. 민혁을 막으려다 무릎이 꺾여 버린 졸로이드 사무엘을 확인하라는 의미였다.

필드로 들어간 의료진은 졸로이드 사무엘을 들것에 실어 밖으로 나갔다.

―졸로이드 사무엘, 들것에 실려 나갑니다.

―부상이 큰 모양입니다. 뛰기 힘들겠어요.

―아스톤 빌라도 그렇게 판단한 것 같습니다. 데이비드 오리어리 감독이 리암 리지웰을 준비시키는군요.

―잉글랜드 19세 팀에서 뛸 때 좋은 활약을 보였던 선수죠. 지난 박싱 데이에 리그에 데뷔해 28분을 소화하기도 했던 선수입니다.

중계진은 교체되어 들어온 리암 리지웰에 대한 이야기를 꺼냈다. 민혁과 같은 84년생이라 그런지 짧은 비교도 뒤를 이어 흘러나왔다. 하기야 리지웰 역시 FA 컵에서 출전을 한 데다 리그에서도 출전한 경험이 있으니, 그와 비슷한 경력을 가진 민혁과 비교를 하는 건 당연할 터였다.

중계진이 리지웰에 대한 평가를 하고 있을 때, 민혁에게 다가온 로렌은 길게 숨을 내쉰 후 입을 열었다.

"이제 좀 괜찮냐?"

"네? 아… 그럭저럭요."

"좋아. 그럼 잘 들어."

"네?"

"수비를 하려고 하는 건 좋은데, 공을 뺏으려고 하지 마. 넌 지금 윙이지 풀백이 아니야."

"딱히 그런 건……."

"공을 뺏으면 좋지. 그런데 그렇게 달려들어 봐야 도움이 안 돼. 넌 그냥 길목 차단만 잘해줘도 충분하니까 무리하지 말고 공격에 집중하라고."

로렌은 상대방 진영을 보고는 빠르게 말했다. 말할 시간이 그리 많이 남지는 않은 느낌이었다.

"넌 융베리가 아니야. 네 식대로 움직여서 결과를 만들어. 방금 한 것처럼 말이야."

"고마워요."

민혁은 미약하게 남아 있던 부담감을 완전히 떨쳐 버렸다. 무엇보다 로렌의 말로 두 번째 골에 자신이 관여했음을 확실히 느낀 덕분이었다.

그 뒤로 이어진 경기는 아스날의 우세 속에 끝을 맺었다.

스코어는 4 대 0.

앙리의 해트트릭과 피레스의 1골로 만들어진 대승이었다.

그로부터 며칠 뒤인 2004년 1월 28일. 호세 안토니오 레예스의 아스날 이적이 이루어졌다.

5

호세 안토니오 레예스

　세비야의 에이스는 1,050만 파운드란 이적료로 아스날에 입성했다. 2004년 기준으로는 적지 않은 금액이라 할 수 있지만, 레예스의 가치를 생각하면 많다고 하기 힘든 액수기도 했다.

　"라이벌이 늘었네."

　팔러는 민혁의 표정을 살폈다. 라리가의 중견 클럽인 세비야에서 리그만 86경기 21골을 기록한 선수가 스쿼드에 들었다는 건 분명 좋은 일이었지만, 그와 비슷한 나이대인 민혁에게는 부담이 되는 일일지도 몰랐다.

　하지만 민혁의 표정엔 변화가 없었다.

"네? 라이벌요?"

"베르캄프 후계자로 왔다던데?"

"에이, 제가 데니스 후계자는 아니죠."

민혁은 웃었다. 자신의 플레이가 베르캄프와 많이 비슷하긴 했지만, 주력이 느리다는 약점이 있는 민혁은 톱 자원이 아닌 미드필더 자원으로 분류되고 있기 때문이었다.

"전 느려서 데니스처럼은 못 뛰어요. 아시잖아요."

"그래도 포지션 겹치지 않아? 레프트윙으로도 뛸 수 있다던데."

"그건 피레스가 걱정해야죠. 전 비에라 대체자만 안 오면 돼요."

"세스크는?"

민혁은 어깨를 으쓱했다. 세스크 파브레가스야 공존할 대상이지 경쟁자는 아니었다.

하기야 무패 우승 멤버가 해체되는 시기까지는 경쟁을 할 대상이겠지만, 그 시기를 지나면 아스날에서 가장 믿을 만한 선수가 되는 게 파브레가스일 테니까.

"자신감이 아주 하늘을 찌르네."

"그 정도는 돼야 리그를 먹죠."

팔러는 웃으며 자리를 떠났다. 비록 자신이 아스날에 남을 시간은 얼마 남지 않았지만, 그래도 오랫동안 머무른 팀에 저런 유망주가 있는 건 나쁘지 않았다.

'이제 슬슬 유망주 소리도 벗을 나이지.'

그러고 보면 민혁도 슬슬 20대에 들어설 나이였다. 한국 기준으로는 벌써 21살이지만, 만 나이를 기준으로 하는 잉글랜드에선 아직 19살이었기 때문이다.

그가 그런 생각을 하는 걸 아는지 모르는지, 민혁은 훈련에 합류한 레예스의 플레이에 집중했다.

레예스는 빨랐다. 퍼스트 터치와 드리블도 준수함을 넘어 좋다는 평가를 받을 수 있었고, 왼발을 사용한 킥 능력은 감탄이 나올 지경이었다.

그는 앙리나 베르캄프에 비해선 조금 모자란 듯한 느낌이지만 피레스와 경쟁을 하기엔 충분한 능력을 가지고 있었다. 2002년 부상 전의 피레스라면 레예스의 도전을 어렵지 않게 물리쳤겠지만, 그때의 부상으로 스피드가 떨어진 지금이라면 레예스가 살짝 우위를 점하는 느낌도 있었다.

그로부터 얼마 뒤.

민혁의 느낌은 현실로 나타났다.

*   *   *

"어라?"

출전 명단에 들지 못한 민혁은 관중석에서 경기를 보며 고개를 갸웃했다. 왼쪽 윙으로 고정되어 있던 피레스 대신 레예스가 있었기 때문이었다.

"피레스가 없네?"

"그러게."

저스틴 호이트와 그의 동생인 개빈 호이트도 민혁의 옆에서 놀라고 있었다. 다른 사람도 아닌 피레스가 포지션을 빼앗길 거라고는 생각지도 못했던 모양이었다.

"잠깐, 지금 융베리도 없지? 벤틀리 선발이라며."

"벤치에 있겠지."

담담히 말한 민혁의 눈이 아스날 벤치로 향했다. 생각대로 융베리는 그곳에 있었다.

"부상인가?"

"그런 소리 못 들었잖아."

"실력으로 밀렸다는 거야?"

민혁은 놀란 저스틴을 보곤 피식 웃으며 고개를 저었다.

"상대가 포츠머스니까 속도랑 공격력으로 압도해 보겠다는 거겠지. 융베리랑 벤틀리는 타입이 다르잖아. 속도전 하려면 융베리보단 벤틀리가 나아."

"포츠머스도 요즘 분위기 좋잖아. 벌써 7경기째 무패야."

"우린 리그 35경기 연속 무패야. 세 경기만 버티면 무패 우승이라고."

이미 아스날의 우승은 결정된 바였다. 2위인 첼시나 3위인 맨체스터 유나이티드가 전승을 거두고 아스날이 전패를 해도 결과는 뒤집어질 가능성이 없기 때문이었다.

모든 잉글랜드 언론은 역사적인 무패 우승이 이루어질 것인가에 모든 초점을 맞추고 있었다. 남은 상대가 포츠머스와 풀럼, 그리고 레스터 시티라는 점에서 무패 우승이 이루어질 가능성이 높다고 말하는 언론이 절반이었고, 남은 세 팀이 무패 우승만은 무슨 일이 있어도 저지하려 할 거라는 점에서 가능성을 낮게 보는 언론이 절반이었다.

무엇보다, 마지막 상대인 레스터 시티는 강등권 탈출을 위해 사력을 다하고 있었다. 만약 마지막 라운드에서도 강등 여부가 결정되지 않은 상태라면 죽을힘을 다해 강등을 면하려 할 게 분명했고, 그렇다면 아스날에게 일격을 가하게 될 거라는 예상도 적지 않았다.

"무패는 좀 힘들지 않을까?"

저스틴 호이트는 부정파에 속했다. 그 역시 아스날의 일원이라 무패 우승이 이뤄지길 바라고는 있지만, 113년 동안 아무도 이루지 못했던 대기록의 수립이 쉽지 않을 거라는 느낌을 갖고 있던 탓이었다.

"할 수도 있지."

"맞아."

민혁과 개빈 호이트는 긍정파였다. 민혁은 회귀 전의 기억을 가지고 있기에 갑작스러운 일만 생기지 않으면 무패 우승이 이루어질 거라 믿고 있었고, 개빈은 별생각 없이 긍정하는 쪽에 속했다.

그러는 사이 경기가 시작되었다.

민혁의 시선은 포츠머스의 흑인 공격수를 향했다. 그 유명한 아이예그베니 야쿠부였다.

회귀 전, 2010년 월드컵 자비의 야쿠부를 떠올린 민혁은 이번 경기에도 그의 자비가 일어나길 빌었다. 이제 세 경기만 무사히 보내면 아스날의 무패 우승이 완성될 터이기 때문이었다.

하지만 야쿠부는 민혁의 기대를 저버렸다.

─골! 포츠머스의 야쿠부, 선제골입니다!

전반 30분. 야쿠부는 찾아온 기회를 놓치지 않았다. 자비의 야쿠부를 찾아볼 수 없는 사냥꾼의 모습이었다.

"아, 먹혔네."

"무패 우승 진짜 어려운 거구나……."

호이트 형제가 탄식하고 있을 때, 민혁은 등받이에 몸을 기대며 입을 열었다.

"이제 겨우 30분 지났어. 아직 60분 남아 있다고."

"그렇긴 하지만……."

"내기할래?"

"됐어. 아스날이 진다에 걸 수는 없잖아."

개빈 호이트는 아스날에 대한 충성심을 발휘했다. 과연 '뼈구녀' 소리를 들을 만한 반응이었다.

전반은 포츠머스의 1 대 0 리드로 끝을 맺었다. 무패 우승을 노리는 아스날로서는 뼈아픈 상황이었다.

하지만 포츠머스의 리드는 오래가지 못했다.

후반 5분, 레예스는 포츠머스의 수비가 헤딩으로 걷어낸 공을 잡아 그대로 때려 넣었다. 골대 정면 페널티박스 안에서 터진 발리킥이었다.

"와우!"

"아스날 만세!"

호이트 형제는 일제히 일어나 박수를 치며 소리 질렀다. 민혁도 그 옆에서 박수를 치긴 했지만, 그 얼굴엔 씁쓸함이 담겨 있었다.

'저런 선수가 향수병으로 몰락하다니.'

민혁은 벤틀리와 함께 환호하는 레예스를 보고 있었다.

"너무 좋아하는데?"

"리그 첫 골이잖아."

"어? 이번이 네 골째······."

"리그는 처음이야."

1월 28일에 입단한 레예스는 벌써 4골을 기록하고 있었다. 그중 두 골은 FA 컵에서 기록한 골이고, 세번째 골은 챔피언스 리그에서 기록한 골이었다. 공교롭게도 그 세 골 모두 첼시를 상대로 넣은 골이었기에, 이번 골은 첫 리그 골이자 EPL 입단 후 첼시가 아닌 팀을 상대로 넣은 첫 골이었다.

민혁의 대답에 고개를 끄덕이던 개빈은 민혁의 표정을 보고는 고개를 갸웃했다. 어쩐지 씁쓸해하는 것 같았기 때문이었다.

"뭐가 마음에 안 드는 건데? 경쟁 때문에 그래?"

"왼쪽 윙 빼면 나랑 포지션 경쟁할 일 없어. 난 주력이 중앙 미드필더고 레예스는 윙이랑 톱이니까."

"그럼?"

"향수병 때문에 오래 있을 수 있을지가 걱정이라서."

저스틴 호이트는 눈을 깜박이다 민혁에게 물었다.

"향수병? 너 혹시 한국으로……."

"나 말고 레예스."

"레예스?"

민혁은 두 번 고개를 끄덕였다.

물론 레예스의 몰락이 향수병 때문인 것만은 아니었다. 프리미어리그에서 가장 태클을 못하기로 소문난 폴 스콜스와 개리 네빌 듀오의 악성 백태클도 그만큼의 지분을 가지고 있었기 때문이었다.

"네가 그걸 어떻게 알아?"

"아는 사람한테 대충 들었어."

민혁은 태연하게 답하곤 화제를 돌렸다. 마침 벤틀리가 공을 잡은 순간이었다.

"리그 첫 선발일 텐데 폼 괜찮네."

"벤틀리 저 녀석이야, 뭐……. 너 빼면 2군에서 제일 잘하잖아."

"지금 아스날에서 제일 빠르지 않아?"

저스틴과 개빈은 부러움이 담긴 시선으로 벤틀리를 보았다. 하지만 그 시선엔 부러움 외의 감정도 실려 있었다.

저스틴은 민혁과 함께 16세 팀에서부터 벤틀리와 같이 뛰었고, 개빈도 18세 이하 팀에 올라온 후 벤틀리와 몇 번 훈련을 같이한 경험이 있었다. 그런 그들에게 있어, 직접적인 포지션 경쟁자가 아닌 벤틀리의 활약은 기쁘면 기뻤지 나쁠 게 없었다.

"골이라도 하나 넣어주면 좋은데."

"포츠머스 수비 굳혔네. 이대로 끝내려고 하는 것 같은데?"

"저기도 승점 벌기 바쁘니까."

민혁의 말대로, 포츠머스는 승점 1점에 만족하는 경기를 하고 있었다. UEFA 컵 출전을 위해서는 승점이 좀 더 필요했지만, 상대가 기세가 오른 아스날이라는 게 마음에 걸리는 모양이었다.

"하긴, 포츠머스도 남은 두 경기 다 이기면 UEFA 컵 진출 가능성 있지?"

"경쟁 팀 다 망하면 가능하겠지."

이번 시즌 잉글랜드 프리미어리그에서 UEFA 컵에 진출할 수 있는 팀은 두 팀에 그쳤다. FA 컵 결승에 오른 두 팀이 맨

체스터 유나이티드와 밀월이었고, 우승을 한 맨체스터 유나이
티드는 리그 순위로 챔피언스리그 플레이오프를 확정 지은 상
태라 2부 리그에 있는 밀월이 UEFA 컵 진출권 한 장을 낚아
챈 탓이었다.

게다가 나머지 두 팀 중 하나도 미들즈브러로 결정되어 있
었다. 그들이 칼링 컵 우승 팀이기 때문이었다.

때문에 리그 성적으로 UEFA 컵에 가려면 5위를 기록해야
했는데, 포츠머스가 자력으로 그 순위를 기록하는 건 불가능
했다. 그러려면 현재 경쟁 중인 다른 팀이 다 망하거나 승점
삭감이 있어야만 가능한 일이었는데, 전자는 몰라도 후자의
일이 일어날 가능성은 거의 없었다.

"다음 경기 풀럼이지?"

"응, 풀럼 원정."

"그거랑 레스터만 무사히 끝나면 무패 우승 확정이네."

민혁은 경기장 전광판의 시계를 보며 말했다. 아직 30여 분
이 남아 있긴 했지만 포츠머스가 수비를 굳힌 이상 경기가 쉽
게 뒤집히진 않을 것 같았다.

예상대로, 경기는 1 대 1 무승부로 끝났다.

원정을 나온 아스날 팬들은 축제 분위기 속에서 경기장을
나섰다. 포츠머스 홈 팬들은 실망하는 사람이 반이고 안도하
는 사람이 절반이었다. 실망하는 사람들은 UEFA 컵 진출 가
능성이 멀어졌음에 실망을 하고 있었고, 안도하는 사람들은

UEFA 컵 진출 가능성이 아직 남아 있음에 안도하고 있는 것 같았다. 이번 경기에서 패배했다면 UEFA 컵 진출 가능성이 제로가 되기 때문이었다.

그렇게 희비가 엇갈리는 가운데, 아르센 벵거는 냉정하게 선수들을 평가하고 있었다.

"목록 정리 끝났습니다. 그런데……."

"무슨 문제라도 있습니까?"

팻 라이스는 목록을 한 번 더 살핀 후 말문을 열었다.

"정말 이대로 진행해도 괜찮을까요?"

그는 걱정스럽다는 표정을 짓고 있었다. 너무 급작스러운 변화가 아닐까 싶어 하는 표정이었다.

벵거는 조금의 망설임도 없이 입을 열었다.

"그대로 진행하세요."

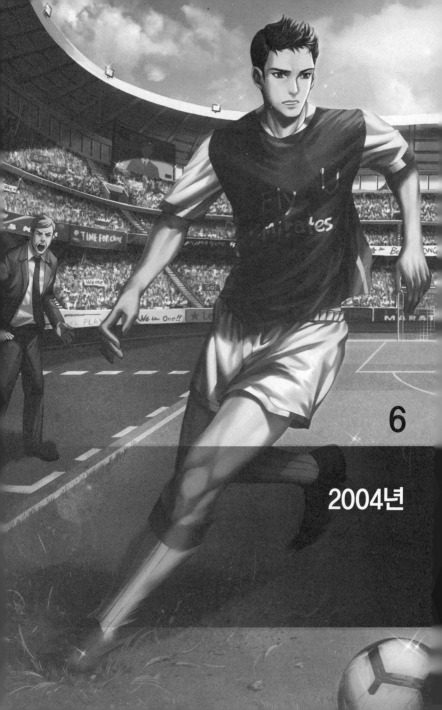

6

2004년

2003—04 시즌은 아스날의 우승으로 막을 내렸다. 역사적
인 무패 우승 시즌이었다.

그 우승 멤버엔 민혁도 당당히 이름을 올렸다. 리그 출장
수가 기준에 미달해 우승 메달을 받지는 못했지만 말이다.

선발 1회에 교체 6회. 이것이 민혁의 지난 시즌 리그 출장
기록이었다.

한국의 방송사 KBC는 2004—05 시즌 프리미어리그 중계권
을 30억 원이라는 거액에 구입했다. 지난 시즌 민혁이 리그에
몇 번이나 출전을 한 덕분에 한국 내에서 프리미어리그에 대
한 관심이 높아진 까닭이었다.

그것은 또 다른 사건을 만들었다.

"하나, 둘, 셋 하면 찍습니다. 자, 하나, 둘……."

사진사는 셋을 세지 않고 셔터를 눌렀다. 셋을 기다리던 민혁으로서는 배신당한 느낌이 드는 게 당연했다.

민혁은 한국의 한 식품 회사 광고를 찍고 있었다. KBC가 프리미어리그 중계권을 구입했다는 소식이 들리자, 눈치 빠른 몇몇 회사가 민혁에게 접촉해 계약한 덕분이었다.

'나 카레 별로 안 좋아하는데.'

어색하게 웃은 민혁은 손에 들린 레토르트 카레를 슬쩍 보았다. 본래는 꽤 좋아하는 편이었지만 이제는 보기만 해도 얼굴이 찡그려질 정도였다. 영국에 와서 맥도날드 햄버거와 카레를 하도 먹은 탓에 생긴 부작용이었다.

"자, 한 번만 더 찍겠습니다."

"…그만하면 안 될까요."

"안 됩니다."

업체에서 나왔다는 PD는 단호했다. 비싼 돈을 들이는 만큼 원하는 장면을 연출하고 말겠다는 의지에 불타는 표정이었다.

그렇게 네 시간에 걸친 촬영이 끝난 후.

광고를 찍고 온 민혁은 난처한 표정을 지은 모아시르를 볼 수 있었다.

"윤, 한국에서 공문이 왔는데……."

"뭔데요?"

"아시안컵에서 널 차출할 테니 협조 좀 해달래."

민혁은 인상을 썼다. 2002년 월드컵이 끝난 후 열렸던 부산 아시안게임이 떠올랐기 때문이었다.

내심 출전을 바랐던 민혁은 아시안게임 출전 명단에 들지 못했다. 아직도 메일로 소식을 주고받는 최주평 기자의 말에 따르면, 스틸레인의 황준영 팀장과 축협 내부 인사들이 벌인 수작 때문이었다.

2002 월드컵 4강의 환상에 빠져 있던 그들은 월드컵 주역들과 국내의 주요 선수들을 소집한 명단을 발표했다. 축협 내부에선 2001년 잉글랜드 FA 컵에 출전한 경험이 있는 민혁을 소집하자는 이야기도 있었지만, 외부 고문 자격으로 나선 황준영 팀장이 조직력 강화를 운운하며 민혁의 소집을 막았다는 이야기였다.

그리고 그 결과는 아시안게임 동메달로 보답되었다. 출전 선수들에게 면제 혜택이 주어지지 않는다는 뜻이었고, 일각에선 2002 월드컵으로 면제를 받은 선수들이 제대로 뛰지 않아서라는 비난도 터져 나왔다.

물론 민혁과는 상관없는 이야기였다.

"아시안게임 땐 나 몰라라 하더니 이제 와서요?"

"그러게."

모아시르도 표정이 별로 좋진 않았다. 그 대회에 민혁이 나갔다면 금메달을 따서 면제를 받았을 거라고 확신하고 있었던 탓이었다.

잠깐 생각을 정리한 민혁이 입을 열었다.

"프리시즌이니까 나가는 건 상관은 없는데… 8월 11일부터 올림픽이잖아요."

"맞아."

"아시안게임 나가면 올림픽에도 차출하려고 난리를 칠 거고요."

"그렇겠지?"

민혁은 어깨를 으쓱하며 말했다.

"됐어요. 안 간다고 하세요."

"그럼 올림픽 나가는 데 문제 생기지 않아?"

"올림픽도 안 나가면 되죠. 내가 무슨 부귀영화를 누리겠다고……."

"올림픽은 나가는 게 좋지 않아? 한국인들은 군대 가야 되잖아."

"아, 군대……."

민혁은 뒤통수를 맞은 듯한 표정을 지었다. 그러고 보니 군대 문제를 깜박 잊고 있었다. 회귀 초반엔 분명히 그 부분도 신경을 쓰고 있었지만, 시간이 지나면서 기억이 점점 뒤섞이는 바람에 이미 군대를 다녀온 듯한 기분에 젖어버려 생긴 현상이었다.

정신을 차린 민혁은 굳게 다짐했다.

'재입대는 안 돼.'

엄밀히 말해 재입대는 아니었다. 서류상으로는 완벽한 미필이니까.

하지만 민혁의 기억엔 분명하게 남아 있었다. 육군 12사단 을지 부대 89포병대대에서 구르던 2년간의 기억이 말이다.

그건 정말, 다시는 경험하고 싶지 않은 날들이었다.

"아시안컵은 면제 없죠? 올림픽만 있고."

"아시안컵 안 나가고 올림픽만 나가면 군대 면제 걸린 것만 나간다고 욕먹을 것 같은데?"

"하긴, 축협에서 뽑지도 않겠죠."

축협에 라인이 없는 민혁은 한번 밉보이면 그걸로 끝이었다. 지금은 스틸레인의 황준영 팀장에게만 찍힌 상태라 일말의 가능성이 남아 있지만, 이 상태에서 축협에게도 찍혀 버리면 국가대표와는 영영 안녕이란 이야기였다.

"재계약 때문에라도 국가대표는 해야 돼. 지금이야 유소년 기록이랑 구단 추천으로 워크 퍼밋이 나오고 있지만 재계약할 때까지 이걸로 밀 수는 없으니까. 게다가 한국은 이중국적도 안 된다며."

"그렇죠……."

민혁은 한숨을 쉬었다. 지금 당장 영국으로 귀화를 해버리면 간단히 해결될 문제긴 했지만, 그랬다간 한국 입국 거부라는 말도 안 되는 일이 벌어질 가능성도 있었다. 2001년 벌어

진 모 가수의 병역기피 사건의 여파가 아직 남아 있기 때문이
었다.

물론, 민혁이 영국 국적을 취득하더라도 그 가수와는 경우
가 달랐다. 그 가수는 평소 '대한민국 남자라면 반드시 군대
를 가야 한다'라는 말을 입버릇처럼 달고 다녔던 데다 신체검
사에서 공익근무요원 판정까지 받았던 사람이었고, 민혁은 해
외 체류로 인해 아직 신체검사조차 받지 않았다.

게다가 민혁은 실제 거주 지역이 런던이었다. 영국에 귀화
를 해도 문제가 될 게 없다는 이야기였다.

하지만 한국은 관습법과 국민정서법이 횡행하는 나라였다.
법적으로 옳지 않은 일이라도 국민감정에 따라 얼마든지 억지
가 통할 수 있는 국가라는 뜻이다.

아예 한국에 들어가지 않을 생각이면 모를까, 그게 아니라
면 국적 포기를 생각할 수는 없는 것이다.

"으으……."

민혁은 소파에 앉아 머리를 감싸 쥐었다. 왜 하필 지금이냐
는 생각이 머릿속에 가득했다.

2004—05 시즌은 파브레가스가 주전을 차지하는 시기였다.
그건 민혁에게도 주전이 될 기회가 생기는 시기라는 뜻이었
다.

파브레가스와 민혁의 능력은 큰 차이가 나지 않았고, 드리
블에 이은 숏패스와 단번에 이어지는 스루패스 중 어느 것이

상대 팀에 적합한지에 따라 벵거의 선택이 갈리게 된다는 이야기였다.

이런 상황에서 시즌 초반을 날려 버려서야 좋은 결과가 나올 리 없지 않은가.

"아, 진짜 난감하네."

민혁은 머리를 벅벅 긁었다. K리그에서 1년 이상 뛰어야 입단할 수 있는 상무나 경찰청도 노려볼 수 없는 민혁으로서는 군면제를 노릴 수 있는 대회 출전이 무엇보다 중요했고, 그러기 위해선 축협에 찍히지 말아야 했다.

하기야 축협에 찍혀 버리면 K리그 경험자라도 사실상 상무나 경찰청 입대가 불가능하긴 하지만 말이다.

"어쩔 수 없죠. 감독님한테 한번 요청해 보세요."

"괜찮겠지?"

"어차피 제가 이번 시즌 주전은 아닐 거니까요. 잘해야 로테이션이니 프리시즌이랑 초반 몇 경기 정도는 빼주시겠죠."

모아시르는 잠시 생각에 잠겼다. 그리고 민혁의 말이 맞다는 결론을 내렸다. 아직 베르캄프와 피레스, 비에이라가 건재하므로 민혁이 주전을 차지할 가능성은 낮다는 판단이었다.

"좋아. 그럼 벵거 감독님껜 내가 다녀오마."

"전 훈련장에 있을게요."

민혁은 옷을 갈아입고 집을 나왔다. 복잡한 머리를 비우려면 훈련이 최고였다.

훈련장에 도착한 민혁은 공을 툭툭 차는 벤틀리를 발견하고 그에게 향했다. 얼마 전 들은 내용이 떠올랐기 때문이었다.

"뭐 해?"

벤틀리는 고개를 돌려 민혁을 확인한 후 공을 가리켰다. 훈련을 하고 있다는 표시였지만 전혀 훈련처럼 보이지 않았다.

그 모습에 웃어버린 민혁은 조금 더 가까이 다가가 말했다.

"노리치로 간다며?"

"어."

"갑자기 왜?"

벤틀리는 어깨를 으쓱하며 입을 열었다.

"융베리가 안 나가니까 어쩔 수 없잖아. 거기에 레예스도 들어와서 피레스도 오른쪽을 보고 있고."

벤틀리는 대수롭지 않게 대답했지만, 그 말을 들은 민혁은 씁쓸함을 느꼈다.

데이비드 벤틀리는 베컴을 능가하는 선수가 될 자질이 있었다. 베컴은 빠른 선수가 아니지만 벤틀리는 EPL 최고의 스피드 스타였고, 드리블이 약한 베컴과 달리 드리블도 잘했다. 최고의 크로스 장인이라는 베컴의 크로스와 벤틀리의 크로스는 우열을 가리기 힘들었으며, 침투 능력은 오히려 벤틀리가 한 수 위였다.

베컴이 벤틀리보다 나은 건 단 네 가지였다. 얼굴과 활동량,

그리고 노력과 프리킥이었다.

하지만 프리킥도 노력으로 쌓은 스킬임을 생각하면, 벤틀리가 베컴만큼만 노력을 했다면 베컴을 넘을 가능성도 충분히 있었다.

'근데 이미 늦었지.'

민혁은 쓴웃음을 물었다.

벤틀리는 베컴을 따라잡으려면 무던한 노력을 해야 한다는 걸 알고 있었다. 본인 스스로도 매일매일 연습을 하지 않으면 베컴을 따라잡을 수 없다는 말까지 했음을 생각해 보면, 그 역시 노력의 중요성을 모르진 않는 게 분명했다.

하지만 아무리 생각해도 벤틀리가 그렇게 성실하게 운동을 할 것 같진 않았다. 아스날을 떠난 후에도 말이다.

"너도 슬슬 이적이든 임대든 가는 게 좋을걸. 파브레가스인가 하는 애 장난 아니던데."

"나랑 경쟁하려면 그 정도는 해줘야지."

"뭐… 지금이야 네가 조금 더 낫긴 한데, 걔 아직 16살이잖아? 근데 너랑 비슷하면 위험한 거 아냐?"

"괜찮아."

민혁은 평온한 표정으로 답했다. 집에 있을 땐 그 문제 때문에 걱정에 휩싸였던 민혁이었지만, 훈련장에 오자 마음이 편해진 탓인지 걱정이 줄어들었다. 냉정을 찾자 아스날의 상황을 조금 더 분석할 수 있었던 덕분이었다.

민혁이 아스날에 오지 않았더라면 2008년까지도 4—4—2를 고수했을 뻥거겠지만, 지금 아스날의 구성을 생각하면 4—3—3 포메이션을 시도할 가능성이 높았다.

베르캄프가 노쇠화의 기미를 보이는 지금으로서는 티에리 앙리에게 모든 공격을 몰아주는 형태의 전술을 쓸 수밖에 없을 터였고, 그 경우 세스크 파브레가스와 민혁은 둘 다 훌륭한 옵션이 될 수 있었다.

파브레가스는 중앙에서 킬패스를 넣는 데 특화된 희대의 패서였고, 민혁은 1.5선에서 드리블 돌파 후 스루패스를 넣어 줄 수 있는 매력적인 카드였다. 어떤 공간에서건 앙리에게 공을 전달할 방법이 마련된다는 이야기였다.

거기에 민혁은 다양한 슈팅 기술까지 가지고 있다는 점을 생각해 보면, 설령 4—4—2 전술을 쓰더라도 베르캄프의 대체자로 선택될 가능성도 조금은 있었다. 아스날이 속도를 포기한다는 가정하에서나 이뤄질 일이긴 하지만 말이다.

"넌 아시안컵 간다며. 그러다 자리 뺏길 수도 있어."

"거기에 올림픽도 있지. 거기 대표로 뽑힐지는 모르겠지만."

"그건 좀 부럽네."

벤틀리는 진심으로 부러워했다. 잉글랜드가 지역 예선에서 떨어진 탓에 올림픽에 나갈 수 없었기 때문이었다.

"너라도 잘해라. 가능하면 메달도 따 오고."

"군대에 안 가려면 따야지."

"아, 한국은 지금 전쟁 중이지?"

"어."

민혁은 텅 빈 눈으로 동쪽을 보았다. 이번엔 반드시 군대에 가지 않겠다는 의지가 담긴 시선이었다.

그로부터 얼마 후. 벵거의 허락을 받은 민혁은 아시안컵 도전을 위해 한국으로 향했다.

하지만 민혁의 아시안컵과 올림픽 도전은 허무하게 끝났다.

소집 둘째 날 이루어진 훈련에서, 의욕에 넘친 모 선수의 태클로 인해 생긴 부상 때문이었다.

*   *   *

3년 전, 맨체스터 유나이티드의 유소년 디렉터인 지미 라이언은 웨인 루니의 영입을 강력히 추천했다. 잉글랜드 역사상 최고의 괴물이 될 거라는 이야기까지 들은 퍼거슨은 웨인 루니라는 선수에게 관심을 가지게 되었고, 경기를 확인하고 나서는 맨체스터 유나이티드의 아카데미로 데려오기 위해 직접 그를 찾기까지 했지만 선수에게 거절당했다.

작년에도 기회는 있었다. 이미 잉글랜드 최고의 재능으로 꼽히던 루니였기에 그에 맞는 제안까지 가지고 간 접촉이었다.

하지만 루니는 에버튼에 남겠다며 퍼거슨의 제안을 거절해

버렸다. 충성심 때문인지 다른 이유 때문인지는 모르겠지만, 루니가 월드 클래스가 될 거라는 확신을 가졌던 퍼거슨으로서는 안타깝기 그지없는 거절이었다.

그리고 또 1년…….

그 긴 기다림 끝에, 드디어 루니의 마음이 맨체스터로 돌아선 것이다.

'그 녀석도 영입할 수 있었으면 좋았을 텐데.'

퍼거슨은 아스날에 있는 민혁을 떠올리며 입맛을 다셨다. 민혁의 패스를 호날두가 이어받고, 호날두의 크로스를 루니가 받아 골을 넣는 장면을 만들고 싶다는 욕망이 계속해서 떠올라 참을 수 없었다.

루니로 반 니스텔루이를 대체하고, 호날두로 베컴을 대체하고, 거기에 민혁으로 스콜스를 대체해 10년을 더 갈 스쿼드를 만든다는 구상을 가지고 있던 퍼거슨인지라 아쉬움이 상당히 컸다.

하지만 그는 이미 끝난 일에 미련을 두는 타입이 아니었다. 좀 더 정확히 말하면 미련을 잠시 접어두는 데 능숙한 사람이었다. 지금 당장은 영입이 불가능하더라도, 좋은 기회가 올 때를 기다려 낚아채면 된다는 것을 잘 아는 감독이었다.

재작년에 영입한 리오 퍼디난드, 그리고 이번에 영입을 할 기회를 얻은 웨인 루니가 바로 그런 케이스였다.

'잉글랜드에서 뛰는 선수가 맨유를 계속 거절할 수 있을 리

없지.'

퍼거슨은 다시 한번 자신감을 되새겼다. 두 번이나 영입 제안을 거절했던 루니도 결국 맨유로 오겠다는 의사를 밝혔다. 에버튼에선 우승을 할 수 없다는 걸 깨달았기 때문이었다.

"그래, 아스날을 밟으면 해결될 문제야."

그는 일종의 확신을 가졌다. 이번 시즌이 끝나면 아스날은 새 구장 건축에 들어갈 터였고, 그렇다면 재정에 문제가 생길 게 뻔했다.

지금까지 새 구장을 지었던 모든 클럽이 1부 리그에 남지 못했다는 걸 생각해 보면, 아마도 아스날 역시 강등권 부근에서 허덕이게 될지도 몰랐다. 아무리 아르센 벵거라고 해도 돈 없이 우승 경쟁을 할 수는 없을 테니 말이다.

아마도 그때가 되면, 민혁도 맨유에 오려 할 게 분명했다.

그런 생각에 웃음을 문 퍼거슨은 양복을 갖춰 입고 구단주실을 나와 차에 올랐다. 에버튼의 구단주 빌 켄라이트와의 약속 때문이었다.

그때까지만 해도 웃고 있던 퍼거슨은 몰랐다.

훗날 쓰게 될 자서전에서, 평생을 통틀어 자신이 가장 당황하게 되는 날로 오늘을 꼽게 된다는 사실을 말이다.

*　　　*　　　*

에버튼의 구단주 빌 켄라이트는 눈앞이 하얗게 변하는 느낌을 받았다. 이미 루니의 에이전트에게 통보 비슷한 이야기를 듣긴 했지만, 그 일이 현실로 닥쳐오자 정신이 혼미해지는 느낌이었다.

더 나쁜 건 불법 사전 접촉으로 고발을 할 수도 없다는 사실이었다. 아직 맨유가 루니와 선계약을 맺은 것도 아니고, 맨유에 속한 스카우터가 루니와 직접 만난 적도 없기 때문이었다.

"켄라이트 씨?"

"아… 퍼거슨 경(Sir). 말씀하세요."

"이미 말씀드렸지 않습니까."

켄라이트는 손수건을 꺼내 이마에 맺힌 땀을 닦았다. 듣기야 들었지만 듣지 않은 걸로 하고 싶은 이야기였다.

"그러니까 루니를……."

"2,000만 파운드에 사겠다는 겁니다."

퍼거슨은 상체를 앞으로 살짝 숙이며 말했다. 나이에 맞지 않게 힘이 넘치는 표정과 시선이었다.

무슨 일이 있어도 루니를 맨체스터로 데려가고 말겠다는 각오가 느껴지는 모습이라, 켄라이트는 어찌할 바를 모르고 머뭇거리다 몸을 떨며 입을 열었다.

"어, 음… 그게… 흑, 어흑."

켄라이드는 갑자기 통곡을 했다. 눈앞에 퍼거슨이 있다는 것도 잊어버린 듯한 모양새였다.

"저기… 켄라이트 씨?"

"으허허헝!"

"아니, 저……."

퍼거슨은 의자에서 엉덩이를 반쯤 떼었다. 도대체 이게 무슨 상황인지 이해가 되지 않았다.

내년이면 환갑이 되는 남자가 도대체 이 무슨 추태란 말인가.

그가 그런 생각을 하고 있을 때, 켄라이트는 갑자기 품속에서 핸드폰을 꺼내 어딘가로 전화를 걸었다.

"엄마… 퍼거슨이, 퍼거슨이… 응. 그거 맞아. 응."

켄라이트는 눈물을 줄줄 흘리며 전화기에 입을 대고 하소연했다. 그걸 보는 퍼거슨이 민망해질 정도로 불쌍해 보이는 모습이었다.

완전히 당황해 버린 퍼거슨은 아무 말도 못 한 채 입만 벌렸다. 도대체 무슨 말을 해야 할지 감조차 잡히지 않고 있었다.

그러던 퍼거슨이 막 정신을 차리려 할 때, 문이 벌컥 열리며 사나워 보이는 노파가 안으로 들어왔다. 켄라이트의 모친인 호프 켄라이트 여사였다.

"당신!"

그녀는 안으로 들어오자마자 퍼거슨을 향해 삿대질을 했

다. 울먹이는 켄라이트의 모습에 당황하고 있던 퍼거슨은 화들짝 놀라며 눈을 크게 떴다. 이게 도대체 무슨 상황인지 도저히 이해할 수 없었다.

"어… 켄라이트 여사, 오랜만입니다."

"오랜만이고 나발이고! 당신 여기 뭐 하러 왔어!"

"그거야 구단 간에 논의를 할 게 있어서……."

"논의 좋아하시네! 선수 훔치러 온 거잖아! 우리 금쪽같은 루니 말이야!"

퍼거슨의 입은 주먹이 들어갈 정도로 크게 벌어졌다. 구단주에게 들어야 할 말을 왜 구단주의 모친에게 듣는단 말인가.

게다가 구단주는…….

"엄마… 나 루니 팔기 싫어."

"그래, 그래 우리 아들. 루니는 이 엄마가 꼭 지켜줄게."

켄라이트 여사는 아들을 품에 안고 토닥였다. 지켜보는 퍼거슨으로서는 황당함을 넘어 경악을 느끼게 하는 모습이었다.

'내가 지금 연극을 보는 건가…….'

그는 도저히 경악을 멈출 수 없었다. 내년이면 60살이 되는 노인네가 여든이 넘은 어머니에게 안겨 울먹이는 모습이 도저히 현실 같지 않았다.

퍼거슨은 당황을 지워내며 입을 열었다. 맨체스터 유나이티드의 차기 에이스를 영입하기 위해선 이보다 더한 고난도 건

떠낼 자신이 있었다.

"켄라이트 여사, 진정하세요. 저는 선수를 훔쳐 가러 온 게 아니라 거래를 하러 온 겁니다."

"이 도둑놈의 새끼! 거래 좋아하네!"

켄라이트 여사는 손바닥으로 테이블을 탕탕 치며 말했다.

"그렇게 사고 싶으면 5,000만 파운드 내놔!"

"좀 과하군요. 제가 생각한 금액은 2,000만 파운드였습니다만……."

"헛소리 집어치워!"

퍼거슨은 왼쪽 관자놀이를 손으로 짚었다. 왠지 두통이 밀려오는 느낌이었다.

"당신 리오 퍼디난드 3,000만 파운드에 샀잖아! 다 늙어빠진 수비수도 그렇게 비싸게 사고서 루니를 5,000만에 못 산다는 게 말이 돼?"

"리오야 리즈 소속이었잖습니까. 라이벌 구단 선수를 사려면 웃돈을 줘야죠."

"오호라… 그러니까 쫄딱 망한 리즈는 라이벌이고, 우리 에버튼은 호구다, 이거야?"

켄라이트 여사는 아들을 옆으로 휙 밀어버렸다. 흥분한 탓인지 그렇게 끼고돌던 아들이 바닥에 나동그라지는데도 신경조차 쓰지 않는 것 같았다.

그녀는 퍼거슨을 향해 삿대질하며 외쳤다.

"이 양심 없는 영감탱이야! 남의 집 기둥뿌리를 뽑아 가려면 새 집 지을 돈을 줘야지!"

"…알겠습니다. 2,200만 파운드 드리죠."

"웃기고 있네!"

켄라이트 여사는 테이블을 엎어버리며 목소리를 높였다.

"당신 명심해! 5,000만 파운드 아래로는 죽어도 못 팔아아아아아아아아!"

*　　　*　　　*

"결국 맨유로 갔네."

민혁은 BBC 기사를 보며 중얼거렸다. 웨인 루니가 2,700만 파운드의 이적료로 맨유 유니폼을 입게 됐다는 기사였다.

하기야 아스날이 루니를 영입할 가능성은 없었다. 사실 벵거에게 슬쩍 운을 띄워보긴 했지만 별다른 기대는 안 했다. 당장 작년에 호날두를 영입할 때만 해도 1,200만 파운드라는 말에 머뭇거린 벵거였으니, 아무리 루니가 잉글랜드 최고의 유망주라도 그 두 배나 되는 거금을 쓸 리 없었다.

금액적인 문제를 배제하더라도 가능성은 높지 않았다. 이미 프랜시스 제퍼스와 리처드 라이트라는 두 명의 잉글랜드 유망주에게 물을 먹은 아르센 벵거였기 때문이었다.

아스날이 그 두 명에게 투입한 금액은 자그마치 1,400만 파운드였다. 프랜시스 제퍼스가 800만 파운드였고 리처드 라이트가 600만 파운드였다. 아직 로만 아브라모비치가 본격적으로 돈을 퍼붓기 전임을 생각해 보면, 그 두 명에게 건 기대가 얼마나 컸는지 알 수 있는 증거였다.

하지만 그 둘은 완전히 망했다.

민혁이 그렇게나 말렸던 프랜시스 제퍼스는 박스 안의 여우에서 박스 안의 잉여로 변해 버렸고, 민혁이 제대로 알지 못해 말리지 못했던 리처드 라이트는 유스 팀에서 막 올라온 스튜어트 테일러에게도 밀린 끝에 350만 파운드에 에버튼에 팔려 버렸다. 그들에게 거금을 투자했던 아르센 벵거로서는 뒷목을 잡을 수밖에 없는 결말이었다.

그 두 가지 사건으로 인해, 아르센 벵거는 잉글랜드산 유망주들에 대해 불신의 시선을 갖게 되었다. 어쩌면 그의 머릿속엔 '잉글랜드엔 축알못의 DNA가 흐르고 있다!'라는 생각이 박혔을지도 모를 정도로 말이다.

"하여튼 제퍼스가 문제라니까."

민혁은 찰튼으로 이적한 제퍼스를 떠올리며 미간을 좁혔다.

임대를 갔던 친정 팀 에버튼에서도 막장스런 경기력과 행동을 보인 끝에 정착하지 못하고 아스날로 돌아온 그는 260만 파운드란 헐값에 찰튼으로 이적했다. 아스날로서는 70%에 가까운 손해를 보고 만 셈이었다.

그나마 아스날 코치진을 웃게 하는 건 275만 파운드에 아스날로 온 로빈 반 페르시가 훈련 중에 보여주는 경기력이었다. 더구나 페예노르트 시절 멘탈이 나쁘다는 지적을 받았던 것과 달리, 베르캄프를 졸졸 따라다니면서 한 마디, 한 마디에 집중하는 모습도 그들을 기쁘게 하고 있었다. 이대로 2~3 시즌만 지나면 베르캄프의 완벽한 대체자가 될 수 있다고 생각하고 있는 것 같았다.

하지만 민혁은 알고 있었다.

로빈 반 페르시가 엄청난 유리 몸이라는걸.

'생선 먹고 요가 하면서 몸이 좋아졌다고 한 것 같은데……'

무릎을 살짝 누르는 반 페르시의 모습은 민혁을 불안하게 만들었다. 벌써부터 유리 몸이 가동되려 하고 있는 느낌이었다.

하지만 지금 생선을 먹으라고 해봐야 듣지 않을 게 뻔했다. 벵거를 통해 간접적으로 유도하는 방법도 있긴 했지만, 아직은 본격적인 유리 몸에 들어서지 않았으니 귀찮은 간섭으로만 여기게 될 것 같았다. 좀 걱정은 되지만 본인이 필요를 느낄 때까지는 함구하고 있는 게 좋았다.

절대로 자리 경쟁 때문이 아니다.

…라고 생각하던 민혁은 오른발로 공을 받으려다 넘어지는 그를 보며 자기도 모르게 손을 들어 눈을 가렸다. 아마도 몇

년은 더 보아야 할 모습이었다.

그러고 있던 민혁은 뒤에서 들려온 소리에 고개를 돌렸다.

　　　　　*　　　　　*　　　　　*

"윤, 다리는 좀 어때?'

"의사 말로는 내일부터 뛰어도 된대요."

"무리하지 말고 일주일 더 쉬어."

민혁은 말을 걸어온 에두에게 손을 들어 괜찮다는 사인을 보냈다. 물론 최대한 조심할 생각이긴 하지만, 사실 지금도 통증은 느껴지지 않았다. 최종 확인만 끝내면 슬슬 훈련에 들어 갈 생각이었다.

그가 떠난 후, 민혁은 레예스에게 패스를 보내는 파브레가스를 바라보았다.

세스크 파브레가스는 이번 시즌 주전으로 낙점된 것 같았다. 프리시즌 활약도 활약이지만, 리그 3라운드 블랙번 로버스전에서 리그 데뷔골까지 기록한 덕분이었다.

그리고 한 명 더.

조금 전 민혁을 암담하게 했던 로빈 반 페르시도 이번 시즌부터 주전 경쟁에 들어갈 거라는 이야기가 있었다. 프리시즌 활약과 베르캄프의 노쇠화가 눈에 보이기 시작하면서 생긴 이야기였다.

거기에 반 페르시의 경쟁자라고 할 수 있는 은완코 카누와 실뱅 월토르도 이번 시즌 아스날을 떠났다. 때문에 아스날의 공격진은 앙리와 베르캄프를 제외하면 레예스와 알리다에이르, 그리고 유스에서 올라온 아르투로 루폴리와 퀸시, 라이언 스미스가 고작이기에, 반 페르시가 곧 주전을 차지하게 되는 건 너무도 당연해 보였다.

파브레가스와 반 페르시를 지켜본 민혁은 아직 붕대를 감고 있는 자신의 다리를 보고는 미간을 좁혔다. 이럴 줄 알았으면 아프다는 거짓말을 해서라도 아스날에 남아 있을 걸 그랬다는 생각이 머릿속을 채우는 순간이었다.

주전 경쟁에 본격적으로 뛰어들 수 있는 이 시기에 이게 무슨 꼴이란 말인가.

"후우……."

민혁은 한숨을 쉬며 자리에서 일어났다. 내일이면 의사가 진단한 6주가 끝나지만 감각을 되살리려면 2~3주 정도는 더 있어야 할 것 같았다.

막 훈련장을 떠나려던 민혁은 훈련장에 들어온 벵거와 마주쳤다.

"다리는 어떻지?"

"그럭저럭 괜찮아요."

벵거는 민혁의 다리를 보았다. 약간 얇아진 것 같긴 하지만 움직이는 데 무리는 없는 것 같았다.

고개를 끄덕인 그는 진지한 표정으로 말했다.

"팔러가 나갔으니 네가 그 역할을 해줘야 한다. 추가 부상 생기지 않게 조심해라."

"네."

"좋아, 그럼 내일 훈련에서 보자."

벵거는 민혁의 어깨를 두드려 준 후 레예스를 불렀다. 그가 최근 보이는 경기력에 대해 만족하고 있는지, 그를 보는 벵거의 얼굴에선 웃음이 떠나지 않았다.

고개를 돌린 민혁은 B팀 골문을 막고 있는 1군 백업 골키퍼를 보고는 한숨을 쉬었다.

"알무니아는 진짜 아닌데……."

레만 이후 아스날의 주전이 된 알무니아는 예능감이 뛰어난 골키퍼였다. 잠깐 레알 마드리드 이적설이 돌기도 했지만, 민혁은 그게 알무니아 측의 자작극이라고 믿는 사람 중의 하나였다. 2007년 무렵 잠깐 반짝한 적이 있긴 해도 그게 전부였던 알무니아기 때문이었다.

물론 알무니아가 그렇게까지 나쁜 골키퍼는 아니었다. 놀랍게도 EPL 클린 시트(무실점) 기준으로는 역대 8위에 오를 정도였으니까.

하지만 그 기준으로는 리버풀의 예능인 페페 레이나가 EPL 역대 최고의 키퍼임을 생각해 보면, 어디까지나 '생각보다는 나쁜 골키퍼가 아니다' 정도지 '좋은 골키퍼다'라고는 할 수 없을지도 몰랐다.

"아, 맞다."

민혁은 발을 멈추고 되돌아갔다. 아무래도 영국 병원에서 최종 진단을 받는 게 찝찝했던 탓이었다.

그는 훈련장 반대편까지 돌아가 입을 열었다.

"좋은 병원 알면 추천 좀 해줘요."

＊　　　　＊　　　　＊

"깔끔하네요. 잘 붙었어요."

민혁은 안도했다. 영국이 아니라 독일에서 받은 진단이기 때문이었다.

그는 영국과 아스날의 의료진을 신뢰하지 않았다. 에미레이츠 스타디움 완공과 함께 갖춰진 최신식 의료시스템에서도 유리 몸을 양산해 낸 아스날 의료진임을 생각해 보면, 아직 구식 시스템에 의존하는 의료진은 더욱 믿을 사람들이 못 된다는 결론만 나왔다.

"그럼 뛸 수 있는 거죠?"

"네, 가능합니다. 하지만 근육이 좀 불균형하니까, 당분간은 균형을 잡는 데 집중하세요."

의사의 말은 민혁에게 안심을 주었다. 적어도 환자에게 무리를 시키는 의사는 아니라는 판단이 들어서였다.

하기야 웬만하면 이런 반응이 나오는 게 정상이었다. 한국의 고등학교 축구부도 아닌데 외상이 없으면 무조건 훈련을 시키는 게 이상한 일이니 말이다.

의사에게 인사를 끝내고 나오자, 밖에서 대기하던 모아시르가 입을 열어 말했다.

"뭐래?"

"당분간 균형 잡는 데 집중하래요."

"밸런스 훈련 하라는 거야?"

"…아뇨."

민혁은 모아시르를 힐끗 보았다. 영국에 온 지 몇 달 만에 에이전트 시험에 합격한 걸 보면 머리가 나쁘지는 않은 것 같은데, 가끔 이렇게 실없는 소리를 해서 사람을 헷갈리게 하는 그였다.

"아무튼 여기까지 왔는데 맥주나 먹고 가자. 독일까지 와서 그냥 갈 순 없잖아?"

"저 아직 환자거든요?"

"술은 나만 마실게. 넌 소시지나 먹어."

피식 웃은 민혁은 고개를 끄덕였다. 하기야 슬슬 저녁을 먹을 때가 되기도 했다.

"아는 곳 있어요?"

"그냥 보이는 식당 들어가면 되지. 여긴 영국이 아니라 독일이라고. 최소한 기본은 하겠지."

"하긴. 영국보단 낫겠죠."

민혁은 치를 떠는 모아시르를 보고는 피식 웃었다. 하기야 돈이 생겨도 맥도날드를 선호하게 될 정도로 맛이 없는 식당이 즐비한 영국이었다. 그래도 영국에선 가장 사정이 좋다는 런던인데도 말이다.

"여기 터키인 많잖아. 터키인이 운영하는 식당 가면 중간은 할걸?"

"참, 터키가 세계 3대 미식(美食) 국가죠?"

"그럴걸?"

"근데 터키인 식당에서 맥주를 팔까요?"

모아시르는 고민에 빠졌다. 그러고 보니 터키인들이 믿는 이슬람교는 주류의 섭취를 금하고 있었다. 다시 말해 터키인 식당에서 맥주를 팔 가능성은 그리 높지 않다는 뜻이었다.

그가 식사냐 술이냐를 놓고 갈등에 빠져 허우적대고 있을 때, 무심코 고개를 돌린 민혁은 막 병원으로 들어서는 남자를 보고는 굳어버렸다.

'로시츠키?'

민혁은 눈을 깜박이며 방금 스쳐 간 남자를 다시 보았다. 혹시 잘못 본 게 아닌가 싶어서였다.

"…맞네?"

확인을 끝낸 민혁은 입을 벌렸다. 방금 지나간 사람은 그라운드의 모차르트라 불린 천재 미드필더 토마시 로시츠키가 틀

림없었다.

당황하고 있던 민혁은 이내 정신을 차렸다. 그렇게 당황할
일이 아님을 깨달은 것이다.

하기야 지금 그들이 있는 병원은 도르트문트에서 뛰었던 옌
스 레만의 추천을 받아 찾아온 병원이었다. 도르트문트 소속
인 로시츠키를 이곳에서 만나는 것도 이상할 게 없다는 이야
기였다.

민혁은 숨을 살짝 내쉬어 당황을 지워낸 후, 막 접수를 시
작한 그에게 다가가 입을 열었다.

"로시츠키?"

"뷔어(Wer:누구)?"

로시츠키는 어색한 표정으로 민혁을 보았다. 평범한 옷을
입고 있었다면 도르트문트 팬으로 생각했겠지만, 민혁은 아스
날 마크가 있는 재킷을 입고 있었기 때문이었다.

"어… I'm Min—hyuk Yoon. Arsenal Player(윤민혁이라고 해
요. 아스날 선수죠)."

"플레이어?"

그는 의아한 표정으로 민혁을 보았다. 어려 보이는 데다 동
양인이기까지 한 민혁이 아스날의 선수라는 게 믿어지지 않는
모양이었다.

"…나 진짜 안 유명하구나."

"여기 독일이잖아."

모아시르는 민혁에게 핀잔을 주고는 자신의 명함을 꺼내 로시츠키에게 건네주었고, 로시츠키는 모아시르가 내민 자신의 명함을 보고서야 민혁이 선수임을 납득했다. 설마 독일까지 와서 아스날 선수를 사칭할 만큼 한가한 사람이 있을까 싶었던 것이다.

"유스?"

"No, Frist Team Player. Since Last season(아뇨, 지난 시즌부터 1군이었는데요)."

민혁이 지난 시즌부터 퍼스트 팀에 들어갔다 말하자, 로시츠키는 환하게 웃으며 민혁에게 악수를 청했다. 아스날 팬이기 때문인 것 같았다.

하지만 두 사람의 대화는 거기서 진전이 없었다. 민혁은 체코어나 독일어를 할 줄 몰랐고, 로시츠키의 영어 실력도 뛰어난 편은 아닌 까닭이었다.

결국 대화가 끊긴 둘은 다음에 기회가 되면 보자는 말을 하고 몸을 돌렸다. 민혁은 병원을 떠나려 했고, 로시츠키는 접수를 끝내고 정형외과가 있는 방향으로 이동할 모양이었다.

"아! 로시츠키! Wait!"

로시츠키를 불러 세운 민혁은 병원 접수처에서 종이와 펜을 받아 한 문장을 적어주었다. 뮌헨에 가서 볼파르트 박사를 만나라는 내용이었다.

[Go Munchen, Meet Dr. Wohlfahrt.]

의아해하던 로시츠키는 종이를 한 번 더 보곤 접어서 주머니에 넣었다. 민혁은 이 병원에서 차도가 없으면 꼭 볼파르트 박사를 만나보라는 말을 추가하며 몸을 돌렸다. 영어로 한 말이라 제대로 알아들었을지는 모르겠지만, 어쨌거나 쪽지까지 주었으니 할 일은 다 했다는 느낌이었다.

그를 따라 밖으로 나온 모아시르는 민혁에게 물었다.

"볼파르트 박사가 누구야?"

"세계 최고의 스포츠 닥터요. 뮌헨 팀닥터예요."

"세계 최고?"

"전문의거든요. 거기다 유리 몸도 많이 고쳤고."

"근데 넌 왜 여기서 진단을 받았어?"

민혁은 당연하지 않느냐는 투로 말했다.

"그 의사 병원에서 진단받기 쉽지 않아요. 예약이 밀렸거든요. 게다가 전 확인만 하러 온 거지 치료를 받으러 온 것도 아니고요."

"아, 그래?"

"뮌헨 팀닥터니까 뮌헨 쪽 선수들만 해도 쭉 밀려 있을걸요. 유스도 보니까."

그런 이야기를 나누며 걷던 두 사람은 병원 반대편 골목에서 발을 멈추고 주변을 두리번거렸다. 식당이 밀집해 있는 지역이었다.

"아, 저기 어때요?"

민혁은 앙카라 케르반(Ankara Kervan)이라는 간판이 걸린 식당을 가리켰다. 그 간판엔 거꾸로 매달린 새끼 양이 그려져 있었는데, 아마도 새끼 양 구이인 쿠즈 탄드르(Kuzu Tandır)를 주력으로 하고 있는 모양이었다.

"양고기 먹게?"

"별로예요?"

"아니… 아직 먹어본 적 없어서."

"그럼 이참에 먹어보죠, 뭐. 제가 살게요."

다른 곳을 추천하려던 모아시르는 민혁이 산다는 말에 입을 닫았다. 잠깐 맥주 때문에 고민을 하긴 했지만, 다행히 그들이 들어간 곳에서도 맥주를 팔고 있었다. 터키인이 운영하는 식당이지만 독일인들이 손님으로 오기 때문인 것 같았다.

쿠즈 탄드르와 맥주를 시킨 그들은 식당에 걸린 TV를 보며 이야기를 나눴다.

"도르트문트 지금 경기하나?"

"재방송이겠죠."

모아시르는 점원이 가져온 맥주를 받아 한 모금 마신 후 민혁을 향해 질문을 던졌다. TV를 보자 병원에서 만났던 로시츠키가 떠오른 까닭이었다.

"참, 아까 이야기하던 사람 아는 선수야?"

"네."

"어떻게?"

"독일에선 유명한 선수예요. 분데스리가 역대 최고 이적료 기록을 갱신한 천재거든요."

"포지션이 뭔데?"

"미드필더요."

민혁의 말대로, 로시츠키는 분데스리가 역대 이적료 최고 기록을 보유하고 있었다. 체코의 클럽인 스파르타 프라하에서 BVB 도르트문트로 이적할 때 기록한 1,450만 유로라는 금액이었다.

"근데 그 선수는 너 모르는 것 같던데, 갑자기 왜 그렇게 반가워한 거야?"

"아스날 골수팬이거든요. 이번 시즌에 리버풀에서 불렀는데 아스날 갈 거라고 거절한 걸로 알아요."

"그래?"

"네."

대답을 들은 모아시르는 머리를 긁으며 물었다.

"저 선수 오면 너 자리 뺏기는 거 아냐?"

"…어?"

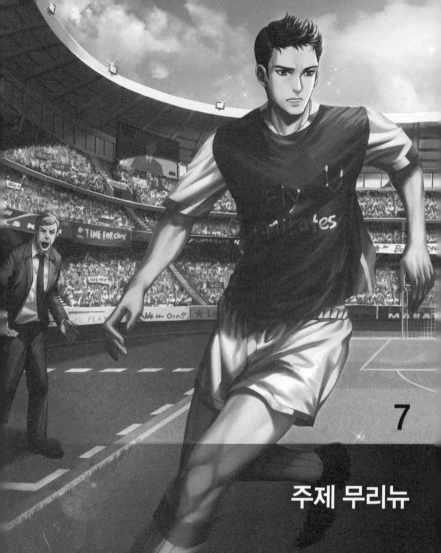

7

주제 무리뉴

런던으로 돌아온 민혁은 일주일이 더 지난 후에야 팀 훈련에 복귀했다. 그 일주일 동안 감각을 찾기 위해 개인 훈련을 진행해 온 까닭이었다.

"윤, 피레스 자리로."

민혁은 뱅거의 지시에 따라 주전 팀 왼쪽 윙으로 자리를 옮겼다. 그리고 피레스는 민혁이 차지하고 있던 백업 팀 왼쪽 윙으로 자리를 옮겼고, 그 뒤를 이어 실바와 플라미니의 자리 교환이 이루어졌다.

그 교체를 시작으로, 미드필더 전체가 백업 멤버로 교체된 후 연습경기가 재개되었다.

민혁과 플라미니, 그리고 파브레가스와 저메인 페넌트의 조합으로 이루어진 미드필더는 어딘가 균형이 맞지 않아 보였다. 민혁과 파브레가스는 공격에 특화된 선수였고, 지난 시즌 리즈로 임대되어 36경기를 뛰고 돌아온 저메인 페넌트도 수비에는 재능이 별로 없었다. 수비적인 자원이라고는 플라미니밖에 없다는 이야기였다.

　하지만 플라미니의 수비력도 딱히 좋다고는 할 수 없었다. 엄청난 활동량으로 커버를 할 수는 있는 선수였지만 직접적인 커팅이나 인터셉트는 기대하기 어려운 탓이었다.

　"흠……."

　벵거는 재개된 훈련을 살피다 미간을 좁혔다. 주전 팀과 백업 팀의 미드필더 교체가 만들어낸 현상 때문이었다.

　방금 전까지만 해도 형편없이 밀리던 2군 팀은 1군 팀과 대등한 경기를 보이고 있었다. 하기야 피레스, 실바, 비에이라, 융베리로 이어지는 무패 우승 라인과 민혁, 플라미니, 파브레가스, 페넌트의 백업 라인을 비교하는 건 후자에게 너무 가혹한 일이지만, 그렇더라도 이렇게까지 차이가 나는 건 유쾌하지 못했다.

　가장 문제가 큰 건 저메인 페넌트였다.

　그는 시종일관 자신감 없는 경기력을 보이고 있었다. 시즌 초반만 해도 리즈에서의 경험을 살려 경쟁에서 이기겠다고 말하던 페넌트였지만, 지금에 이르러서는 경쟁에 대한 의욕도 별로 없는 것 같았다. 리즈에선 주전으로 뛰었던 자신이 아스날에선 백업조차 되지 못한다는 사실에 실망해 버린 모양이었다.

"페넌트는 아무래도 안 되겠군요."

"이적할 팀을 찾아보도록 하겠습니다."

"그렇게 하세요. 그리고 주전 팀 구성은……"

"제 생각엔, 레예스를 1군에서 고정으로 쓰고 융베리를 2군과 번갈아 쓰는 게 좋을 것 같습니다."

벵거는 팻 라이스의 조언에 고개를 끄덕였다. 그도 팻 라이스와 같은 생각이었다.

"그보다, 세스크와 윤의 조합이 생각보다 괜찮은 것 같습니다."

"…고민이군요."

팻 라이스와 벵거는 민혁과 파브레가스의 플레이를 보며 고민에 빠졌다. 공격 상황에서 드러나는 두 사람의 상호작용은 벵거가 추구하는 아름다운 축구에 부합했지만, 수비 시 드러나는 문제점을 도저히 무시할 수 없었다.

수비를 좀 더 강화할 수 있는 포메이션이라면 몰라도 4—4—2 시스템에서 민혁과 파브레가스를 동시에 쓰는 건 위험이 너무 높았다. 공격적인 면에선 완벽에 가까운 조합이지만 포백 보호가 전혀 안 되는 문제가 발생하는 까닭이었다.

물론 아스날엔 질베르투 실바라는 강력한 수비형미드필더가 존재했지만, 그 혼자서 미드필더 전역을 커버할 수는 없는 일이다.

"그렇다고 애슐리를 수비에 전념시킬 수도 없는 일이
고……."

"지금으로서는 윤보다 애슐리가 낫습니다. 두 시즌쯤 지나
면 모르겠지만요."

팻 라이스는 냉정한 평가를 내렸다. 윙으로 뛰는 민혁보다 풀
백으로 뛰는 애슐리 콜의 공격력이 더 뛰어나다는 이야기였다.

지공을 펼치는 팀이라면 드리블과 볼컨트롤이 뛰어난 민혁
이 앞서겠지만, 스피드를 중시하는 지금의 아스날엔 애슐리
콜이 더 적합한 자원이기 때문이었다.

"비에이라와 실바가 76년생이던가요?"

"네, 그렇습니다."

"슬슬 기량이 떨어질 때군요."

"아직 3년은 유지할 수 있을 겁니다."

벵거는 복잡한 표정으로 고개를 끄덕였다. 하기야 아직 서
른도 안 된 나이니 팻 라이스가 말한 3년 동안은 지금에 근접
한 기량을 보일 수 있을 터였다.

하지만 그 말은, 이번 시즌이 비에이라를 팔 수 있는 마지
막 기회일지도 모른다는 뜻이었다.

고민하는 그를 보던 팻 라이스는 시계를 힐끗 보고는 휘슬
을 불었다. 연습경기 전반전 종료를 알리는 휘슬이었다.

민혁은 파브레가스를 향해 엄지를 들어 보이며 입을 열었다.

"아까 패스 좋더라."

"너도."

파브레가스도 웃으며 말했다. 영어에 익숙해진 덕분에 대화에 어려움은 없었다.

그들이 조금 전 상황에 대해 의견을 나누고 있을 때, 두 사람을 보고 다가온 피레스가 말했다.

"둘이 친해졌네?"

"그럼 안 돼요?"

피레스는 민혁의 머리를 마구 헝클어뜨렸다. 어디 건방지게 덕담을 하는데 말대꾸를 하느냐는 듯한 행동이었다.

"아, 진짜."

"하여튼 건방진 놈이라니까."

피레스는 민혁의 머리에서 손을 떼며 말을 이었다.

"거기 바르셀로나 꼬맹이, 너 얘 싫어하지 않았냐?"

"싫어했죠."

민혁은 눈을 동그랗게 뜨고 파브레가스를 바라보았다. 그가 자신을 싫어할 이유가 있다고는 생각지 못했던 까닭이었다.

파브레가스는 피식 웃고는 민혁을 향해 그동안 싫어했던 이유를 말했다.

"이니에스타를 피해서 왔는데 이니에스타랑 똑같은 놈이 있으니 기분이 나쁠 수밖에."

"아, 그래?"

민혁의 기분은 나쁘지 않았다. 하기야 다른 사람도 아닌 이니에스타와 같은 수준이라는 말을 듣고 기분이 나쁜 게 이상한 일이었다. 비록 발롱도르는 받지 못한 이니에스타지만 2위와 3위는 기록해 보았고, UEFA 유럽 최우수선수상도 수상한 사람이니까.

물론 그건 회귀 전의 이야기였고, 민혁이 끼어든 지금은 다를지도 몰랐다. 하지만 그 실력이 어디로 가는 건 아님을 생각해 보면, 이니에스타와 비교되는 건 여전히 영광이었다.

잠깐 감격에 젖어 있던 민혁은 고개를 돌리며 질문을 던졌다.

"메시랑 비교하면 어때?"

"메시를 알아?"

파브레가스는 놀라움을 드러내었다. 사비나 이니에스타는 바르셀로나 1군 멤버로 뛰니 아는 것도 이상하지 않지만, 이제 겨우 바르셀로나 B에서 뛰는 메시를 민혁이 알 거라고는 생각도 못 한 모양이었다.

하지만 놀라움은 금세 잦아들었다. 아스날에서 메시와 피케도 영입하려고 했던 걸 생각해 보면 민혁이 메시를 아는 것도 딱히 이상하진 않다고 생각한 까닭이었다.

"확실히… 이니에스타보단 메시에 가깝네."

"실력이?"

"스타일이."

민혁은 살짝 콧잔등을 찡그렸다. 이왕이면 실력이라고 해주면 좋지 않나 싶어서였다.

그러나 아직은 메시보다 이니에스타가 훨씬 더 위상이 높았다. 메시가 본격적으로 폭발하기 시작하는 2006—07 시즌부터는 두 사람의 위상이 바뀌지만, 아직 메시는 바르셀로나 B에서 뛰는 유망주였고 이니에스타는 바르셀로나 1군 스쿼드에 포함되는 선수였으니까.

그 점을 생각하면, 파브레가스의 평가가 기분이 나쁠 이유는 없었다.

"메시보다 속도는 좀 떨어지지만, 그걸 빼면 거의 비슷한 것 같고."

"그거야, 뭐……."

민혁은 쓴웃음을 물었다. 스피드는 타고난 부분이라 어쩔 수 없는 영역이기 때문이었다.

그동안 몇 번이나 자세를 교정하고 나서야 50m 6초 1을 찍은 민혁이었다. 훈련으로는 더 이상 스피드를 올릴 수 없다는 이야기였다.

"메시가 누군데?"

"있어요. 얘보다 더한 천재가."

"그래?"

피레스는 놀랐다. 민혁과 파브레가스는 30년에 한 번 나올까 말까 한 천재들이라고 생각했던 그였던 만큼, 그 두 사람이 동시에 천재라고 말하는 유망주가 있단 사실에 당황마저 하고 있었다.

"얼마나 잘하는데?"

"지금은 호나우딩요 후계자인데, 좀 있으면 마라도나랑 비교되겠죠."

"…설마."

"내기할래요?"

그러자고 말하려던 피레스는 언젠가 있었던 모아시르와의 대화를 떠올리며 입을 닫았다. 무슨 일이 있어도 민혁과는 내기를 하면 안 된다는 이야기를 들었던 까닭이었다.

웬만하면 그냥 넘겼을 말이지만, 그때 본 모아시르의 표정이 너무도 인상 깊었다. 마치 대우주의 의지가 깃들어 있는 듯한 표정과 목소리라 지금도 기억이 생생할 정도였다.

잠깐 고민하던 피레스는 내기는 하지 않기로 결심하고 입을 열었다.

"그런 놈 있으면 니들은 발롱도르 못 만져보겠네."

"마치 자기는 만져본 것처럼 말하고 있… 악!"

민혁은 머리를 감싸 쥐었다. 맞을 짓을 하긴 했지만 너무 아팠다.

그러는 사이에 휘슬이 울렸다. 연습경기 재개를 알리는 신호였다.

"윤, 왜 그러지?"

"네?"

"어디 아픈가?"

민혁은 어색하게 웃으며 고개를 저었다. 차마 피레스에게 머리를 맞아서 그런 거라고 할 수는 없었다.

벵거는 민혁의 다리를 보았다. 한국에 갔다가 다쳐 온 왼발이었다.

"아프면 무리하지 마라. 주전 경쟁도 중요하지만……."

"부상 아니에요."

"그럼?"

민혁은 고개를 돌려 피레스를 보았다. 시선이 마주친 피레스는 벵거를 힐끗 보며 딴청을 부렸고, 그곳으로 고개를 돌린 벵거는 아무것도 발견하지 못하고는 고개를 갸웃하며 다시 민혁을 보았다.

"정말 괜찮나?"

"네."

"…혹시 문제가 생기면 바로 팀닥터에게 이야기하도록."

민혁은 어깨만 으쓱했다. 부상이 아니니 팀닥터를 볼 일은 없을 것 같았다.

연습경기를 재개하기 전, 벵거는 전반에 뛰었던 양 팀을 섞어놓았다. 테스트를 위한 새로운 조합의 시도였다.

민혁은 비에이라와 페어를 이루었고, 파브레가스는 질베르투 실바와 페어를 이뤘다. 아무래도 드리블과 숏패스를 통한 공격과 수미의 백업을 받는 킬패스를 통한 공격을 비교해 볼 생각인 모양이었다.

양쪽 날개의 조합도 그것을 증명했다. 민혁과 비에이라가 있는 팀의 날개는 피레스와 융베리였고, 파브레가스와 실바가 있는 팀의 날개는 레예스와 퀸시 오우수 아베이예였다. 드리블과 스피드의 대결이란 뜻이었다.

결과는 민혁이 있는 팀의 승리로 끝났지만, 파브레가스 팀의 오른쪽 윙으로 나온 퀸시의 기량이 다른 선수들에 비해 심각하게 떨어진 탓에 나온 결과라 이겼다는 느낌은 들지 않았다.

"흠……."

벵거도 민혁과 비슷한 느낌을 받았다. 팀 교체 후의 결과는 3 대 2로 민혁이 있는 팀이 우세한 경기였으나, 퀸시가 제대로 공을 받기만 했다면 동점 이상도 나왔을 흐름이었다.

'좀 더 고민을 해봐야겠어.'

그는 수건으로 땀을 닦는 비에이라를 바라보았다. 다음 시즌 그를 남길 것인가에 대한 고민의 시작이었다.

고민하던 그는 훈련 종료를 선언하고 사무실로 돌아갔다. 팻 라이스가 뒷정리를 맡아 처리하는 동안 선수들도 삼삼오오 모여 훈련장을 떠났고, 민혁도 그들 사이에 끼어 훈련장을 빠져나갔다. 평소대로라면 남아서 개인 훈련을 했을 민혁이지만, 부상에서 갓 회복된 탓에 무리는 하지 않을 생각이었다.

"윤! 잠깐만!"

민혁에게 다가온 저스틴은 그에게 티켓을 내밀었다. 아스날

의 다음 상대인 첼시와 뉴캐슬의 경기가 열리는 스탬포드 브
릿지의 입장권이었다.

"이거 뭐야?"

저스틴은 웃으며 질문에 답했다.

"사전 정찰 가자고."

*　　　*　　　*

2004년 12월 4일 오후 1시 30분.

민혁은 저스틴 호이트, 그리고 마티유 플라미니와 함께 첼
시의 홈구장 스탬포드 브릿지에 들어와 있었다. 민혁이 한국
에서 부상을 당하고 누워 있는 사이에 저스틴과 플라미니가
친해진 탓이었다.

대화를 나누는 둘을 본 민혁은 묘한 표정을 짓고 있었다.
플라미니를 어떻게 생각해야 할지 모르겠다는 느낌 때문이었
다.

하지만 플라미니를 나쁘게 생각할 이유는 딱히 없었다. 바
르셀로나에 아이스크림을 먹으러 갔을 뿐이라는 드립을 쳤던
흘렙이나 역주행의 아데바요르라면 모를까, 플라미니는 그래
도 열심히 뛰다가 계약기간을 다 채우고 밀란으로 갔던 사람
이니 말이다.

게다가 회귀 후인 지금으로서는 아직 일어나지 않은 일이기

도 했다.

별로 가능성이 높을 것 같진 않지만, 어쩌면 아스날의 충신이 될지도 모르는 일이 아닌가.

"윤, 왜 그래?"

"그냥 생각 좀 하느라고."

"무슨 생각?"

차마 사실대로 말할 수 없던 민혁은 오른손을 들어 경기장을 가리켰다.

첼시는 원정팀 뉴캐슬을 완전히 박살 내고 있었다. 어쩌면 전반전을 무득점으로 끝낸 것에 분노가 치밀어 올랐던 건지도 모르는 일이었다.

민혁의 손가락을 따라 시선을 돌린 저스틴은 자기도 모르게 입을 열었다.

"첼시 장난 아니네."

"그러게."

"저기 오른쪽 윙 진짜 괴물 같지 않아? 벤틀리보다 빠른 것 같은데?"

저스틴이 가리킨 사람은 PSV에서 이적해 온 아르연 로벤이었다.

민혁은 답했다.

"벤틀리랑 비슷할걸?"

"저 나이에 저렇게 빨리 뛰기도 쉽지 않을 텐데."

플라미니의 말에, 민혁은 실소를 문 채 입을 열었다.

"우리랑 동갑이야."

"…응?"

"84년생이라고."

저스틴과 플라미니는 표정이 사라진 얼굴로 민혁을 보았다. 지금 농담하는 거 아니냐는 기색이 역력한 얼굴이었다.

그러나 민혁은 아무 반응도 보이지 않았고, 농담이 아님을 깨달은 둘은 동시에 외쳤다.

"말도 안 돼!"

"사기다!"

민혁은 그만 웃어버렸다. 저들이 하고 있을 생각이 이해가 됐기 때문이었다.

하기야 노안의 암살자라 불릴 정도로 액면가가 높은 로벤이었다. 회귀 전의 민혁도 로벤을 처음 봤을 때 은퇴를 눈앞에 둔 노장이라 믿었지 자신과 동갑의 선수라고는 믿지 않았다. 흑백으로 만들어진 'gif 파일'을 가장 처음 본 탓도 조금은 있었지만, 액면가가 워낙 높은 선수인 탓에 처음 본 파일이 그게 아니었더라도 쉽게 믿기 힘들었을 터였다.

"84년생 맞아. 네덜란드 사람이니까 호적이 잘못됐을 가능성도 없고."

"…저 얼굴로 나랑 동갑이라고?"

플라미니는 도저히 믿을 수 없다는 표정이었다.

"84년생 맞다니까."

"……"

"근데 진짜 장난 아니다. 뭐 저렇게 잘해? 거의 너랑 벤틀리를 합쳐놓은 것 같은데?"

저스틴은 입을 열어 감탄을 토했다. 속도는 데이비드 벤틀리와 비슷할 정도였고, 간결한 터치로 수비의 타이밍을 빼앗아 제치는 드리블은 민혁과 비슷했다. 드리블의 다양함이나 화려함에 있어선 민혁이 로벤보다 뛰어났지만, 로벤의 스피드가 워낙 뛰어난 탓에 효율에 있어선 차이가 없는 느낌이었다.

"…뭐, 패턴은 뻔하지만 잘하긴 하지."

로벤의 공격 패턴은 단순하기 그지없었다. 엄청난 돌파력으로 측면을 헤집은 후 중앙으로 들어오면서 왼발 슛을 날리는 식의 공격을 택할 확률이 90% 이상이기 때문이었다.

하지만 그걸 뻔히 아는데도 막지 못한다는 게 로벤의 무서운 점이었다.

"그래도 왼발 의존도가 높으니까 왼발 각도만 잘 막으면 괜찮을 거야."

"너 저 어르신… 아니, 쟤 처음 보는 거 아니야?"

민혁은 어깨를 으쓱했다. 회귀 후에는 처음 보는 게 맞지만 회귀 전엔 질리도록 많이 본 패턴이었다.

그 제스처를 어떻게 해석했는지는 모르겠지만, 저스틴과 플라미니는 민혁이 로벤을 어떻게 알았는가에 대한 관심을 끊고는 다른 쪽으로 화제를 돌렸다.

"다음 경기 우리가 이길 수 있을까?"

"힘들겠지?"

저스틴은 불안한 표정을 지었다. 결과를 낙관하기엔 첼시가 너무 강했다.

이번 시즌의 첼시는 강했다. 리그 16라운드를 달리는 동안 패배는 한 번밖에 없었다. 그것도 맨체스터 시티 원정에서 페널티킥을 내어 준 바람에 생긴 실책성 패배였고, 그 외엔 지난 시즌의 아스날 못지않은 강력한 파괴력을 보여주며 다른 팀들을 완전히 찍어 눌렀다. 이번 시즌은 첼시가 우승할 거라는 말이 벌써부터 흘러나올 정도로 말이다.

"이적료를 그렇게 처발랐는데 저 정도는 해야지."

민혁은 다소 냉소적인 답변을 꺼냈다. 여름 이적 시장에서만 거의 1억 파운드를 썼으니 당연한 일이라는 것 같은 태도였다.

"맞다. 러시아 재벌이 첼시 사서 돈 막 뿌린다며? 이름이……."

"로만 아브라모비치."

"돈이 얼마나 많은 거야?"

"올리가르히니까. 돈이야 썩을 만큼 있겠지."

올리가르히는 러시아의 신흥 재벌을 뜻하는 단어였다. 이들은 주로 국영기업이나 그 기업의 지분을 싼값에 불하를 받아

부자가 된 사람들이었는데, 첼시의 구단주가 된 로만 아브라모비치도 바로 그런 부류였다.

"부럽다……."

"그래?"

"넌 안 부러워?"

민혁은 피식 웃으며 이야기했다.

"자기 도와준 은인 뒤통수쳐서 긁어모은 재산인데 부러울 리가."

"뒤통수를 치다니?"

"그런 게 있어."

민혁은 쓴웃음을 문 채 경기장을 보며 생각에 잠겼다.

'그러고 보니 나도 슬슬 투자를 할 때가 된 것 같은데.'

아마 지금쯤 구글 주식이 나스닥에 상장될 무렵이었다. 회귀 전엔 돈과 거리가 먼 삶을 살았던 민혁이 가진, 정말 몇 안 되는 돈이 되는 정보였다.

초기 상장치고는 좀 비싸긴 해도 지금의 민혁이 투자를 못할 만한 금액은 아니었다. 현재 받는 주급이 약 1만 파운드를 조금 넘으니, 그것만으로도 150주가량을 살 수 있다는 이야기였다.

'비트코인 전까지는 거기에 넣어놓자.'

생각을 끝낸 민혁은 다시 경기에 집중했다.

마침 뉴캐슬은 반격을 시도하고 있었다. 양쪽 윙의 빠른 주력을 이용한 역습이었다.

하지만 그 장면을 보는 민혁은 자신의 눈을 의심하지 않을 수 없었다.

"…저거 아메오비 아냐? 왜 저기 있어?"

나이지리아의 스트라이커 숄라 아메오비가 있는 곳은 왼쪽 날개였다. 게다가 반대편 날개는 웨일즈 특급 크레이그 벨라미였고, 앨런 시어러와 패트릭 클루이베르트가 투톱을 이루고 있었다.

다시 말해, 전문 윙어 한 명 없는 4스트라이커 체제로 4—4—2 전술을 구현하고 있다는 뜻이었다.

"그걸 지금 알았어?"

"아니… 다른 생각 좀 하느라 눈치를 못 챘지."

대답을 들은 플라미니는 목을 한 번 쓰다듬고는 말문을 열었다.

"시어러랑 클루이베르트가 있어서 그런 거 아니야?"

"아무리 그래도 저건 좀 심했지. 플라미니 너보고 풀백… 아니다."

민혁은 말을 멈출 수밖에 없었다. 플라미니는 본인이 풀백으로 뛰기를 싫어할 뿐, 미드필더보다 풀백에서 더 뛰어난 활약을 보이는 선수임이 떠오른 탓이었다.

"왜 말을 하다 말아?"

"음, 잠깐 비유가 잘못된 것 같아서?"

"무슨 소리야?"

민혁은 어색한 표정을 지으며 생각을 정리한 후, 알맞은 비유를 찾아 말을 이었다.

"앙리도 유벤투스에서 윙으로 뛰다가 완전히 망했잖아. 앙리도 망했는데 아메오비가 제대로 하겠어?"

"그랬어?"

"거기서 망했으니까 아스날에 싼값에 팔려 왔지."

"표현이 좀 그런 거 아냐?"

"사실인데, 뭐. 앙리도 별로 신경 안 쓰고."

짧게 답한 민혁은 경기에 집중했다. 체흐의 선방 후 첼시의 역습이 진행되는 순간이었다.

벤치에서 일어난 무리뉴는 오른손으로 드록바가 있는 전방을 가리켰다. 볼을 질질 끌지 말고 단번에 보내라는 의미의 제스처였다.

지시를 받은 웨인 브릿지의 크로스가 전방에 있는 드록바를 향했다. 뉴캐슬의 앤디 오브라이언이 그에게 붙어 공중볼 경합을 시도했으나, 드록바는 그를 가볍게 떨쳐내고 공을 받아 뒤로 넘겼다.

볼을 받은 건 덜 푸른 심장의 사나이 프랭크 램파드였다.

아직은 푸른 심장을 가진 그는 강력한 중거리로 셰이 기븐을 놀라게 했다. 비록 득점으로 이어지진 않았지만 뉴캐슬의 수비를 긴장하게 만들기엔 충분한 슛이었다.

"대단한데?"

"그렇긴 하지."

민혁은 퉁명스레 말했다. 분명 그 역습 자체는 놀랄 만큼 완벽했지만, 저런 역습을 보이는 팀을 상대해야 한다고 생각하자 좋은 기분이 들지 않았던 것이다.

"반응이 왜 그래?"

"우리가 상대한다고 생각해 봐. 기분이 좋은가."

저스틴은 입을 벌렸다. 수비수인 그로서는 상상하는 것만으로도 소름이 오싹 돋는 역습이었다.

"에이, 어차피 우린 이번 라운드에 안 나가잖아."

"이번 시즌만 뛸 건 아니잖아. 다음 시즌엔 우리가 주전일 텐데."

"…너무 자신감 넘치는 거 아니야?"

민혁은 어깨만 으쓱했다. 비에이라가 팔려 갈 거라고 말할 수는 없으니 말이다.

그들이 대화를 나누고 있을 때, 약 4만 명에 달하는 첼시 팬들이 일제히 환호성을 내질렀다. 로벤이 첼시의 세 번째 골을 만들어낸 순간이었다.

"와아아아아아!"

"진짜 잘하네."

대화를 하느라 그 장면을 놓쳤던 민혁과 저스틴, 그리고 플라미니는 스탬포드 브릿지에 설치된 대형 전광판을 보며 감탄을 터뜨렸다. 방금 전의 골 장면이 재생되어 나오고 있었기 때문이었다.

왼쪽 윙으로 나온 로벤은 빠른 드리블에 이은 패스와 침투로 기회를 잡았고, 자신에게 들어온 공을 그대로 골망에 욱여넣었다. 특유의 스피드와 침투력이 더해져 만들어낸 골이었다.

"저걸 상대해야 한다는 거지?"

저스틴 호이트는 벌써부터 질렸다는 표정을 짓고 있었다. 그 역시 제법 준수한 스피드를 가진 수비수였지만, 방금 전 본 로벤의 질주를 막을 수 있는가 자문해 본 결과 부정적인 결론만 나오고 있었다.

"투레나 캠벨은 막을 수 있겠지?"

"아마도?"

민혁은 애매한 답변만 내어놓았다. 콜로 투레나 솔 캠벨이 월드 클래스에 근접한 수비수임은 분명하지만, 컨디션이 최고조에 오른 로벤은 그들 못지않은 수비수들을 뚫어내고 골을 성공시킨 월드 클래스였다.

2004년인 지금의 로벤이 그때의 로벤과 같을 수는 없겠지만, 기본적인 베이스는 그때와 지금이 다를 게 없음을 생각하면 솔 캠벨과 콜로 투레도 로벤을 막기 힘들 터였다.

첼시는 기어코 한 골을 추가했다. 교체로 들어온 케즈만의 페널티킥 득점이었다.

"케즈만도 엄청 잘했는데."

"요즘 완전히 망했더라."

플라미니는 안타까워하는 표정을 지었다. 한때 유럽 최고의 스트라이커가 아닐까라는 소리까지 들었던 케즈만이 첼시에 와서 출전조차 제대로 못 하고 있음이 이해가 되지 않는다는 느낌과, 그런 선수를 벤치에 앉혀놓고도 승승장구하는 무리뉴의 첼시에 대한 감탄도 그 안에 담겨 있었다.

민혁은 어깨를 으쓱했다. 케즈만이야 첼시 구단주 로만 아브라모비치가 독단적으로 데려온 선수니 감독이 쓰지 않는건 당연한 일이었지만, 그걸 말했다간 그런 걸 어떻게 아느냐는 질문이 들려올 게 뻔했다.

경기는 대화를 나누는 동안 끝나 버렸다. 이미 4 대 0이라는 스코어가 발생한 마당에 추가시간을 길게 줄 이유가 없기 때문인 것 같았다.

막 몸을 일으키던 민혁은 문득 떠오른 생각에 저스틴을 향해 입을 열었다.

"우리 팀 경기 얼마나 남았더라?"

"…45분."

민혁은 한숨을 내쉬며 입을 열었다.

"…택시 타야겠지?"

*　　　*　　　*

같은 날 벌어진 아스날과 버밍엄의 경기는 아스날의 3 대 0 승리로 끝났다. 첼시와는 전혀 다른 방식의 전술로 이뤄낸 대승이었다.

그로부터 일주일 후.

하이버리에서 열린 아스날과 첼시의 경기는 앙리의 두 골과 테리, 구드욘센의 두 골로 무승부를 거뒀다. 테크닉의 아스날과 피지컬의 첼시라는 느낌이 강했던 경기였다.

"축구 진짜 더럽게 하네."

민혁은 그 말로 감상을 끝냈다. 아스날은 단 한 장의 옐로카드를 받았던 반면, 첼시는 공격진에서만 세 장의 카드를 받았던 데다 납득하기 힘든 판정도 있었다.

하기야 잉글랜드 심판들이 아스날을 싫어하는 거야 익히 알려진 사실이니 새삼스러울 건 없지만 말이다.

'뭐, 어쩔 수 없지. 감독이 워낙 잘나가는 프랑스인이니까.'

좀 더 생각을 이어가던 민혁은 콧등을 긁으며 불만을 털어냈다. 그래도 마이크 딘 정도만 아니면 감수할 만한 수준이었다. 잘나가는 팀에 대한 견제가 있는 건 당연하기 때문이었다.

비록 이번 시즌엔 첼시의 돌풍에 밀려 잘해야 2위라는 평가였지만, 지난 시즌 거둔 무패 우승의 위업은 아스날을 EPL 최고의 팀으로 꼽게 하고 있었다.

잉글랜드 축구협회에게 있어, 그런 팀의 감독이 잉글랜드가 가장 싫어하는 프랑스 출신의 감독이라는 건 눈엣가시처럼 여겨질 일이었다.

"나가서 밥이나 먹자. 저녁때 됐다."

"벌써?"

"일곱 시 반이야."

"어쩐지 출출하더라."

민혁과 저스틴, 플라미니는 저녁 메뉴에 대해 토론하며 계단을 내려갔다. 이번 경기의 관중이 4만 명에 육박함을 생각해 보면, 아마도 한참 떨어진 곳에 가서야 저녁을 먹을 수 있을 터라 메뉴 선정의 폭이 상당한 탓이었다.

그렇게 대화를 나누며 경기장을 나가던 민혁은 첼시 팬들의 이야기를 듣고는 미간을 찌푸렸다. 그들의 입에서 나온 단어가 마음에 들지 않아서였다.

"스페셜 원(Special One)이 아니라 쉐임플 원(Shamful One)이겠지."

"쉐임플?"

"진짜 졸렬하거든."

민혁은 회귀 전 보고 들은 일들을 떠올리며 인상을 썼다. 아무래도 아스날에 몸을 담고 있는 이상 좋은 감정이 들 수 없는 사람이었다.

아직은 일어나지 않은 일들이긴 하지만, 무리뉴의 성정을 생각할 때 이번에도 일어날 게 뻔한 일들이니까.

"방금 뭐라고 했어?"

"응?"

"우리 감독한테 욕한 것 같은데."

고개를 돌린 민혁은 눈을 부라리는 첼시 팬을 보고는 아무 것도 아니라는 표정으로 손을 저었다. 아스날 선수인 자신이 첼시 팬과 싸울 수는 없었다.

"욕한 거 아니니까 신경 끄시죠."

"아까 분명히……."

"우리 선수한테 불만 있어?"

민혁에게 시비를 걸던 첼시 팬은 건장한 체격의 아스날 팬을 발견하고는 마른침을 삼키며 고개를 저었다. 여기가 하이 버리라는 걸 그제야 떠올릴 수 있었던 것이다.

"대답이 없네?"

"…어디 두고 보자."

그는 도망치듯 자리를 떠났고, 민혁은 자신을 도와준 아스날 팬을 보며 입을 열었다.

"고마워요."

"고마우면 나중에 골이나 넣어."

민혁을 도와준 아스날 팬들은 민혁의 어깨를 툭툭 치며 경기장을 떠났다. 지난 시즌 리그와 컵 대회에 몇 번 나온 덕분에 민혁을 알아보는 사람도 적지 않은 모양이었다.

하기야 유스 시절에도 아스날 팬들 사이에선 나름 유명했던 민혁이었다. 현재 첼시에 있는 조 콜과 자주 비교가 되기도 했던 데다가, 아스날 역대 최연소 출장 기록과 골 기록도 가지고 있기 때문이었다.

그 팬이 떠난 후, 저스틴은 민혁의 다리를 보며 아쉬움을 표했다.

"한국 가서 부상만 안 입었어도 몇 경기는 나왔을 텐데."

"어쩔 수 없지."

민혁은 어깨를 으쓱하며 계속해서 계단을 내려갔다. 자신 역시 그렇게 생각하긴 했지만 되돌릴 수 없는 일에 아쉬워해 봐야 달라질 건 없었다.

그러는 동안에도 저녁 메뉴에 대해선 이야기가 계속 오갔고, 그 이야기는 계단을 거의 다 내려오고 나서야 결론에 도달할 수 있었다.

"그래, 닭으로 하자."

"왜? 불만이야?"

"아니, 됐어."

웃으며 대답한 민혁은 무심코 고개를 돌리다 발을 멈췄다. 첼시 버스 앞에 선 무리뉴의 모습이 보였기 때문이었다.

무리뉴는 한 명의 팬과 이야기를 나누고 있었다. 문제는 그 팬이 조금 전 민혁의 말을 듣고 시비를 걸던 첼시의 팬이라는 점이었다.

"엇!"

그 팬은 민혁을 발견하자마자 삿대질을 해가며 뭐라고 중얼거렸다. 무리뉴의 표정이 급격히 찌푸려지는 걸 보면 아마도 민혁이 했던 말을 몇 배로 부풀려 이야기하고 있는 모양이었다.

"응? 첼시 감독이네?"

"그러게."

민혁은 그쪽을 잠시 보다 몸을 돌렸다. 왠지 엮였다간 귀찮아질 느낌이었다.

하지만 타이밍이 조금 늦었다.

"잠깐, 거기 너."

신경질적인 목소리가 귀를 찔렀다. 민혁은 눈썹을 꿈틀하며 몸을 돌려 그쪽을 보았고, 그와 눈이 마주친 무리뉴는 시선을 살짝 위로 올려 민혁의 눈을 마주보며 짜증스레 말했다.

"상대 팀 감독을 존중할 줄도 모르나?"

민혁은 기가 차다는 표정으로 무리뉴를 보았다. 다른 사람도 아닌 그가 그런 말을 했다는 게 어이가 없었기 때문이었다.

"내가 하면 로맨스 남이 하면 불륜이라더니."

"…뭐?"

무리뉴는 인상을 쓰며 민혁을 보았고, 그 시선을 받은 민혁은 한동안 무리뉴를 보다 코웃음 치고는 옆을 돌아보며 입을 열었다.

"가자."

"응? 어……"

저스틴과 플라미니는 어색한 표정으로 민혁을 따라 무리뉴를 지나쳤다. 울컥한 무리뉴는 손을 뻗어 민혁을 잡으려 했지만, 워낙 많은 사람들이 쏟아져 나온 탓에 민혁을 놓치고 이를 갈았다.

"왜 그래?"

"아까 그 사람이잖아."

"누구?"

"무리뉴 옆에 있던 남자."

저스틴은 고개를 갸웃했고, 플라미니는 기억을 더듬은 끝에 두 손을 마주쳐 소리를 내었다. 민혁과 충돌할 뻔했던 남자임을 떠올린 덕분이었다.

"그러니까, 첼시 팬이 쪼르르 달려가서 고자질을 했다는 거네?"

"그런 셈이지."

민혁은 턱에 손을 댄 채 목을 좌우로 천천히 돌리며 말을 이었다. 오랫동안 경기를 본 탓인지 목이 좀 뻐근한 느낌이었다.

"팬이니까 그럴 수 있는 거지, 뭐."

"근데 왜 그렇게 첼시 감독을 싫어해?"

"그냥."

"질투?"

"질투는 무슨."

민혁은 코웃음 쳤다. 자신이 그에게 질투를 느낄 이유가 뭐란 말인가.

그는 굳어버린 어깨를 가볍게 주무르며 말을 이었다.

"배고프다. 닭이나 먹으러 가자."

*　　　*　　　*

런던엔 수많은 식당이 있었다. 비록 그 음식점의 절반은 영국인이 운영하는 식당이지만, 나머지 절반은 세계 각지에서 온 다양한 국적의 사람들이 운영하고 있었다.

그리고 그 음식점들 중에서 가장 평이 좋은 건 인도인이 운영하는 식당이었다. 물론 인도인이 주방장이라고 해서 모두 다 안전한 건 아니었지만, 그래도 영국인이 운영하는 식당보다 백 배는 안전하다는 건 누구나 인정하는 사실이었다.

"그래서 또 인도 음식점이야?"

"왜?"

"…치킨은 한국이 제일이거든."

플라미니는 웃으며 말을 받았다.

"한국은 김치랑 비빔밥인가 뭔가 하는 것만 파는 거 아냐? 아, 개고기… 는 농담."

"뭐, 어때. 프랑스도 1940년대엔 개를 삶아 먹었는데."

"말도 안 돼!"

플라미니는 믿을 수 없다는 반응을 보였다. 극렬 애견가가 아니니 한국에서 개를 먹건 말건 신경은 쓰지 않는 그였지만,

애견가의 나라라고까지 불리는 프랑스에서 개를 먹었다는 걸 믿고 싶진 않은 것 같았다.

하지만 이어진 민혁의 말은 그의 입을 막아버렸다.

"2차 세계대전 있었던 때잖아. 그땐 먹을 거 없어서 개도 잘만 먹었다던데?"

"어… 음……."

머뭇거리던 플라미니는 어깨를 으쓱한 후 메뉴판을 보았고, 민혁도 피식 웃고는 그를 따라 메뉴판으로 눈을 돌렸다.

치킨 마크니와 탄두리 치킨, 그리고 버터 난을 주문한 일행은 자리에 앉아 TV를 보았다.

TV에선 방금 전 끝난 아스날과 첼시의 경기가 나오고 있었다. 식당 주인이 녹화해 둔 영상을 다시 틀어주고 있는 것 같았는데, 아마도 주말에 근무를 하느라 경기를 못 본 사람들을 위한 배려인 듯싶었다.

"저거 걸리면 벌금 내지 않나?"

"상관없지 않아?"

"그런가?"

고개를 갸웃하던 저스틴은 마지막으로 남은 탄두리 치킨을 포크로 찍어 접시에 담은 후 점원을 불렀다. 오늘은 훈련이 없었는데도 먹는 양은 훈련이 있는 날과 별로 다르지 않은 느낌이었다.

"여기 이거 두 개 더요."

점원이 주문을 적어 주방으로 향하자, 민혁은 앞에 놓인 난을 찢어 입에 넣고 우물거리며 TV를 보다 입을 열었다. 전반에 있었던 앙리의 슈팅 장면이었다.

"아, 저거 진짜 아까웠지."

앙리의 슛을 잡는 체흐의 모습은 마치 잘 짜여진 한 편의 연극 같았다. 잘 차고 잘 막았다는 말이 가장 잘 어울리는 장면이었다.

'체흐도 아스날에 왔어야 했는데.'

민혁은 속으로 아쉬움을 흘렸다. 원래 체흐를 가장 먼저 데려오려고 했던 프리미어 팀은 아스날이었지만, 그 당시엔 워크 퍼밋 조건을 채우지 못해 이적이 무산되었던 일이 떠오른 탓이었다.

지금이야 레만이 잘해주고 있지만, 민혁이 회귀하기 전의 흐름대로 간다면 다음 아스날의 주전 키퍼 자리는 EPL의 예능왕 마누엘 알무니아가 차지할 터였다.

"우리도 저런 키퍼가 있어야 하는데."

"응? 레만 있잖아."

"레만도 슬슬 은퇴할 때니까 그렇지. 솔직히 알무니아가 잘하는 건 아니잖아."

그 말엔 저스틴과 플라미니도 고개를 끄덕이지 않을 수 없었다. 백업 키퍼로서는 나쁘지 않은 수준이지만 아스날이라는 빅클럽의 주전 골키퍼가 될 만한 실력이라 말하기엔 부족하다는 느낌이었고, 중하위권 팀에 가서도 주전 자리를 차지하려면 경쟁을 해야 할 정도라는 생각도 들었던 것이다.

'반 데 사르 하이재킹은 안 될 것 같고⋯⋯.'

민혁은 머릿속으로 이 시기에 매물로 나오는 골키퍼 목록을 떠올려 보았다. 하지만 별다른 기억이 나지 않는 걸 보면, 빅클럽에서 뛸 만한 골키퍼 중 이적이 이루어지는 건 반 데 사르 한 명뿐인 모양이었다.

민혁의 아쉬움은 한층 더 커졌다. 체흐가 스파르타 프라하에서 뛰던 시절 워크 퍼밋만 나왔으면 지금쯤 아스날에 있었을 거라는 생각이 지워지지 않아서였다.

"그래도 리처드 라이트보다는 알무니아가 낫잖아."

"그건 참사였고."

그들은 유소년 시절 보았던 골키퍼를 떠올렸다. 무려 600만 파운드의 이적료로 아스날에 왔지만 한 시즌 만에 떨이로 팔려 나간 시먼의 후계자 리처드 라이트였다.

그런 이야기를 하는 도중, 추가 주문한 음식이 나왔다.

그것을 먹고 떠드는 동안 TV에서 나오는 경기도 끝을 맺었다. 0 대 0으로 끝난 경기였지만 다시 보는데도 시간 낭비라는 생각이 들지 않을 정도의 명경기였다.

하지만 TV에 나온 무리뉴가 입을 연 순간, 민혁의 표정은 엉망으로 찌푸려졌다.

2005년 4월 17일.

시즌 막바지에 들어선 지금, 프리미어리그의 우승 경쟁은 첼시와 아스날의 2파전으로 좁혀져 있었다. 아스날을 바짝 추격하던 맨체스터 유나이티드가 노리치 시티와의 경기에서 충격패를 거둠으로써 우승 가능성이 사실상 사라졌기 때문이었다.

하지만 아스날의 가능성도 높진 않았다. 아스날과 첼시의 승점 차이는 11점이었고, 남은 리그 경기는 맞대결을 포함해도 고작 6개였다. 첼시가 미끄러지지 않는 한 아스날이 우승을 할 수는 없다는 뜻이었다.

거기에 아스날은 리버풀과 에버튼이란 강팀을 상대해야 하는 반면, 첼시가 상대해야 할 강팀은 맨체스터 유나이티드 하나뿐이었다. 사실상 아스날이 리그 테이블을 뒤집을 가능성은 10%에도 미치지 못한다는 이야기였다.

하지만 벵거는 그만한 가능성이면 도전할 가치가 있다고 보았다. 맞대결에서 대승을 거두면 그 10%가 20%로, 그리고 그 경기의 영향을 받은 첼시가 패배를 추가하면 20%가 50%가 되지 말라는 법도 없었다.

그는 출전 명단을 적어 수석 코치 팻 라이스에게 전해 주었고, 명단을 확인한 라이스의 표정은 묘하게 변했다.

"윤을 말입니까?"

"그래요."

팻 라이스는 출전 명단 끄트머리에 있는 민혁을 보고는 관자놀이를 긁적였다. 5명밖에 내보내지 못하는 서브 명단에 민혁과 파브레가스가 모두 있는 건 지나치게 모험 수란 생각이었다.

"세스크야 발을 맞춰본 경험이 꽤 되니 괜찮겠지만⋯ 윤은 이번 시즌에 경기를 별로 못 나왔는데 괜찮을까요?"

"이런 상황에선 모험 수를 던져봐야죠. 거기에 첼시 감독에게 한 방 먹이려고 이를 갈고 있는 것 같던데, 어쩌면 좋은 결과가 나올지도 모르는 거 아니겠습니까."

"아⋯⋯."

팻 라이스는 언젠가 나왔던 무리뉴의 인터뷰를 머릿속에 그렸다. 민혁을 들먹이며 그 나이 되도록 주전 출장을 못 하면 선수 생활을 접는 게 현명하다고 주장했던 2월의 인터뷰였다.

"그때 윤이 어시스트를 두 개 기록했었죠?"

"그랬을 겁니다."

지난 리그 27라운드, 크리스탈 팰리스와의 홈경기에 나선 민혁은 후반 20분에 레예스와 교체되어 경기장을 밟았다. 그리고 추가시간을 포함해 30분을 뛰는 동안 2개의 어시스트로 6 대 1 대승을 이끌었지만, 지난번의 일로 민혁에게 분노를 품은 무리뉴가 민혁을 물어뜯은 것이었다.

"이번에 윤에게 기회를 주죠. 밀리는 상황이 아니면 투입해봅시다."

팻 라이스는 출전 명단을 접어 옆구리에 끼우고 입을 열었다.

"훈련 진행도 A팀으로 시킬까요?"

벵거는 고개를 끄덕였다.

*   *   *

프리미어리그 33라운드. 첼시 대 아스날전은 스탬포드 브릿지에서 막을 올렸다.

반드시 이겨야 하는 아스날은 최정예를 가동했다. 이 경기를 위해 FA 컵 준결승전에서 앙리를 아끼고 반 페르시를 내보냈던 아르센 벵거는 그에 대한 믿음을 다시 굳혔다. EPL 최고의 공격수로 자리매김한 앙리라면 반드시 골을 넣어줄 거라는 믿음이었다.

하지만 첼시의 수비는 만만하지 않았다.

최전방공격수인 디디에 드록바마저도 수비에 가담한 첼시는 화려한 테크닉과 패스를 자랑하는 아스날의 최정예를 꽁꽁 묶었다.

조 콜과 프랭크 램파드, 그리고 아르연 로벤은 수비에 별로 도움이 안 됐지만, 그들의 뒤편엔 클로드 마켈렐레라는 당대 최고의 수비형미드필더가 자리하고 있었다. 거기에 존 테리와 카르발료, 그리고 페테르 체흐로 이어지는 센터백—골키퍼 라인은 아스날의 공격진으로도 뚫을 수 없었고, 그 강력한 수비진이 빼앗은 공은 곧바로 역습으로 이어져 아스날 팬들의 심장을 철렁하게 만들었다. 무작정 공격을 퍼부을 수도 없다는 이야기였다.

전반은 그런 흐름 속에서 끝났다. 벤치에서 경기를 지켜보던 민혁조차도 어떻게 해야 뚫을 수 있을지 모르겠단 심정만 들게 하는 경기였다.

하프타임이 끝난 후 이어진 후반전도 비슷한 양상으로 흘렀다. 다른 게 있다면 전반보다 한층 더 격렬한 느낌이 든다는 점이었다.

심판인 스티브 베넷이 카드를 제법 주는 심판인데도 조 콜에게 옐로카드가 주어진 게 전부라 의외라는 느낌이 드는 경기였지만, 양 팀에 옐로카드 두 개 정도는 더 주어졌어도 이상하지 않았을 느낌이었다.

후반전 10분이 조금 넘어갈 무렵, 벵거가 고개를 돌리며 지시를 내렸다.

"윤, 몸 풀어."

"네?"

민혁은 놀란 표정으로 벵거를 보았다. 벤치 명단에 들어 있긴 했지만 정말로 나갈 거라는 기대는 없었던 탓이었다.

"5분 뒤 비에이라와 교체한다. 충분히 예열하도록."

"아… 네."

민혁은 조끼를 입은 채 벤치에서 일어섰다.

벵거는 민혁이 몸을 다 풀었다는 사인을 보내자 교체를 지시했다.

비에이라는 대기심을 보고는 당황한 표정으로 자신을 가리켰다. 이 중요한 경기에서 자신을 벤치로 내릴 거라고는 생각하지 못했던 모양이었다.

벵거는 표정 없는 얼굴로 그를 보았고, 팻 라이스는 나오라는 손짓으로 교체 사인이 잘못되지 않았음을 알려주었다. 여전히 당황해 버린 비에이라는 고개를 갸우뚱하면서도 라인으로 나와 민혁과 자리를 바꿨는데, 그 후로도 벵거에게 다가가 말을 잇는 걸 보면 교체를 납득하기 힘든 것 같았다.

'하긴, 나라도 저러겠지.'

비에이라를 이해할 수 있었던 민혁은 숨을 한 번 들이쉰 후 비에이라가 차지하고 있던 중앙으로 향했다. 전술상으로는 비에이라만 한 피지컬과 몸싸움이 없는 민혁이 들어가기엔 부적합한 위치였으나, 60분이 지나 첼시의 선수들이 지쳐 버린 지금으로서는 충분히 승산을 거둘 만한 투입이었다.

"윤? 비에이라를 빼고?"

"패전 처리 아니니까 이상한 생각 하지 말고 자리나 지켜요. 공은 저한테 주시고요."

피레스는 얼떨떨한 표정으로 고개를 끄덕인 후 자리로 돌아갔다. 그 어느 때보다 의욕이 넘쳐 보이는 민혁의 모습이 어쩐지 이상해 보였다. 평소에도 승부욕이 없지는 않았지만, 오늘은 기필코 이기고 말겠다는 의지가 넘치고 있는 것 같았다.

"오늘 좀 이상한 거 아냐?"

"그럴 일이 있어."

선발로 나와 있던 파브레가스는 고개를 갸웃거렸다. 아무래도 자신과의 경쟁에서 이기고 싶어 하는 것 같지는 않았기 때문이었다.

그가 의문을 느끼고 있을 때, 민혁은 팔짱을 끼고 자신을 노려보는 무리뉴를 힐끗 보며 오른손으로 V 사인을 그렸다. 일반적으론 승리를 뜻하는 제스처지만 영국에선 다른 뜻으로 쓰이는 모션이었다.

발끈한 무리뉴는 물병을 걷어차며 소리 질렀다. 조 콜과 마켈렐레를 향한 외침이었는데, 조 콜에겐 테크닉으로 민혁을 압도하라는 지시가 내려졌고 마켈렐레에겐 수비에 좀 더 신경을 쓰라는 지시가 내려졌다. 민혁이 아스날의 차세대 테크니션으로 불리고 있다는 걸 알고 있는 모양이었다.

'조 콜로는 안 될 텐데.'

민혁은 가벼운 웃음을 입에 물었다. 조 콜이 최고의 테크니션으로 불리고는 있지만, 그건 어디까지나 잉글랜드인에 한정된 이야기였다. 파브레가스에게 이니에스타와 같은 수준이란 평가를 들은 민혁을 압도할 수는 없다는 뜻이었다.

그것은 불과 4분 만에 증명되었다.

민혁과 파브레가스의 조합은 바르셀로나의 전성기를 이끈

사비와 이니에스타의 조합에 버금가는 경기력을 보였다. 민혁이 수비를 몰아 공간을 만들고, 파브레가스의 패스가 그곳을 찌른 장면이었다.

차이가 있다면 좀 더 직선적이고 빠르다는 부분이었지만, 민혁이 드리블로 수비수를 자신에게 집중시키고 파브레가스에게 공을 보내는 모습은 이니에스타가 바르셀로나에서 보이는 장면과 다르지 않았다.

파브레가스가 넣은 패스는 앙리에게 연결되었다.

—앙리, 앙리 공을 잡았습니다.

—페테르 체흐, 슈퍼세이브! 놀라운 선방입니다!

민혁은 못마땅한 표정을 지었다. 아무리 체흐라지만 저런 건 좀 먹혀줘야 하지 않느냐는 기분이 드러난 얼굴이었다.

하지만 이미 막힌 슛에 안타까워하기보다는 다음 기회를 만드는 게 훨씬 더 생산적인 선택이었다.

민혁은 코너킥을 차러 가는 피레스를 부른 후 파브레가스를 가리켰다. 공중볼 경합에서 이긴다는 보장이 없으니 방금 전과 같은 방식을 써보자는 이야기였다.

잠깐 벤치를 바라본 피레스는 민혁의 요구에 맞춰 공을 보냈다.

"세스크! 여기!"

중거리를 날리려던 파브레가스의 발이 살짝 흔들렸다. 연습에 없던 패턴이지만, 나쁜 생각이 아니라는 판단을 한 그는 민혁에게 공을 넘겨주었다.

민혁은 공을 몰고 오른쪽 측면으로 파고들었다. 조 콜과 아르연 로벤이 지키는 지역이었다.

수비에 능숙하지 못한 그들은 민혁의 돌파를 몸으로 막았다.

민혁은 가벼운 턴으로 조 콜을 뚫어낸 후 로벤과 맞닥뜨렸다. 로벤은 힘차게 발을 뻗어 민혁의 공을 뺏으려 했는데, 그 과정에서 민혁과 몸이 부딪치는 바람에 둘 다 바닥을 뒹구는 처지가 되었다.

중심을 잃었을 뿐인 민혁은 금세 자리에서 일어났다. 조 콜을 뚫어내느라 무게중심이 흐트러진 상황이 아니었다면 넘어지지도 않았을 터이기 때문이었다.

하지만 로벤은 그러지 못했다.

쓰러진 로벤은 발목을 붙잡은 채 땅을 쾅쾅 쳤다. 월드 글래스(World Glass)라는 별명을 증명하는 듯한 모습이었다.

첼시 팬들은 민혁에게 야유를 보냈다. 의도한 것이 아님은 알지만 어쨌거나 자기 팀 선수가 쓰러졌으니 야유를 하고 보겠다는 심정이 그들의 얼굴에 드러나 있었다.

그사이 로벤에게 다가간 심판이 손짓을 보냈다. 들것을 들고 오라는 제스처였다.

로벤은 들것에 실려 나갔고, 공격권은 아스날에게 주어졌다. 공의 소유권이 민혁에게 있는 상황에서 충돌이 일어났기 때문에 그런 판정이 내려졌으나, 스탬포드 브릿지를 가득 채운 첼시의 팬들은 심판을 향해 항의성 야유를 퍼부었다. 어느 곳이나 흔히 있는 일이지만 기분 좋은 일이라고는 할 수 없었다.

"네가 차려고?"

"아뇨."

민혁은 앙리에게 프리킥을 양보했다. 찰 수야 있긴 하지만 자신보단 앙리나 피레스가 골을 넣을 가능성이 좀 더 높았다.

—티에리 앙리, 프리킥을 준비합니다.

—35m 정도군요. 충분히 골을 넣을 수 있는 거리와 각도입니다.

앙리는 공에서 세 걸음 물러나 호흡을 가다듬었다.

그는 세 번의 도움닫기를 끝내자마자 강력한 오른발 슈팅을 날렸다. 하지만 높이가 낮았던 탓에 첼시의 수비벽에 걸렸고, 페널티박스 앞에서 기다리던 민혁은 공이 수비벽을 맞자마자 앞으로 달려 공을 잡고는 골문으로 향했다. 골을 넣을 기회임을 직감한 것이었다.

체흐는 앞으로 달려 나와 민혁이 슛을 할 수 있는 각도를 좁혔다. 수비벽을 세웠던 존 테리와 웨인 브리지가 반대편을 막아준 덕분에 그가 막아야 할 공간은 그리 많지 않았다.

다음 순간, 민혁의 발이 가볍게 흔들렸다.

체흐는 반사적으로 몸을 날렸다. 하지만 민혁의 슛은 체흐의 옆구리를 지나 골망을 흔들었다. 슛을 하기 직전에 잠깐 공을 잡은 게 페이크가 되어버린 덕분이었다.

공을 놓친 체흐는 망연자실한 표정으로 골문 안쪽을 바라보았고, 민혁은 승리감을 느끼며 손가락을 흔들며 아스날 팬들이 몰려 있는 곳으로 향했다. 간소하긴 하지만 1골을 기록했다는 의미는 충분히 담겨 있는 세리머니였다.

환호하는 아스날 팬들을 보며 팔을 쭉 펼쳤던 민혁은 첼시 측 벤치로 고개를 돌렸다. 무리뉴의 표정이 궁금해진 것이었다.

무리뉴의 얼굴은 믿을 수 없을 만큼 구겨져 있었다.

8

2005년, 스카우팅 리포트

첼시전의 승리는 아스날의 분위기를 상승시켰다. 하지만 다음 라운드에서 첼시가 승리를 거둠으로써 리그 우승은 첼시에게 넘어가고 말았고, 아스날은 FA 컵에 총력을 기울여야 하는 신세가 되었다.

그리고 우승을 확정한 무리뉴는 방송을 통해 입을 털었다. 이번 타깃은 다음 상대인 맨체스터 유나이티드의 알렉스 퍼거슨 감독이었다.

"똑같은 사람들끼리 잘도 싸우네."

민혁은 웃었다. 이전의 맨유와 지금의 첼시 모두 막대한 돈을 들여 우승을 얻은 건 똑같다고 생각했기 때문이었다.

물론 두 구단이 완전히 같지는 않았다. 맨유는 구단의 수입과 은행 빚으로 선수들을 구입했고, 첼시는 로만 아브라모비치라는 슈가 대디(Sugar Daddy)에게서 나온 돈을 썼다는 차이는 있었으니까.

하지만 이제부터 허리띠를 졸라매어야 하는 아스날 선수라는 입장에서 볼 땐, 어차피 둘 다 돈으로 우승해 놓고 어떤 돈이냐를 가지고 싸우고 있는 게 한심하게 느껴질 뿐이었다.

그래도 누가 더 마음에 안 드냐를 따지면 당연히 첼시였다. 당장 돈으로 우승을 빼앗아 갔다는 느낌을 주는 구단인 데다, 감독마저도 마음에 안 들기 때문이었다.

그건 비단 민혁만의 이야기가 아니었다.

"맨유가 첼시 이겨 버리면 좋겠다."

맨유를 끔찍하게 싫어하는 필 버트조차도 그렇게 말하고 다닐 정도로, 무리뉴는 EPL의 공적이란 포지션을 착실히 챙겨 가고 있었다. 워낙 입을 털어댄 까닭이었다.

"첼시가 이길걸요? 요즘 워낙 분위기 좋잖아요."

"사실 둘 다 망했으면 좋겠어."

필 버트는 투덜거렸다. 어차피 둘 다 아스날의 앞길을 막는 장애물이 아닌가.

"애들은 어때요? 92년생 둘."

"윌셔는 잘하는데……."

필 버트는 고개를 살짝 돌렸다. 시선이 닿은 건 12세 이하 팀 주전들이 훈련하는 곳이었다.

"쟤 진짜 성공하는 거 맞아?"

"맞다니까요."

민혁은 살이 쪽 빠진 케인을 발견하고는 손을 들었다. 아스날 아카데미는 케인을 몇 번이나 내보내려 했지만, 그걸 알게 된 민혁이 달라붙어 케인에게 튜터링을 하겠다고 자원한 덕분에 아직 아스날에 남아 있었다.

하지만 아직 제대로 된 성과는 내지 못하는 것 같았다. 아마 포지션에 적응을 끝내지 못한 까닭인 것 같았다.

"그래도 작년보단 많이 좋아졌잖아요."

"네가 붙어서 코칭해 주는데 저 정도는 해야지."

"벤틀리도 가끔 와서 봐준다면서요."

"응. 너보단 벤틀리가 가르쳐 주는 게 더 이해가 잘되는 모양이더라."

민혁은 어깨를 으쓱했다. 하기야 테크닉 위주로 훈련을 해온 자신의 설명보다는 스피드를 살리는 벤틀리의 스타일이 케인에게 잘 맞는 게 당연할 터였다.

"벤틀리는 요즘 어떻대요?"

"너랑 연락 안 해?"

"그냥 안부 정도만 나누고 지내죠. 노리치가 여기서 가까운 것도 아니니까요."

대답에 납득한 필 버트는 얼마 전 찾아왔던 벤틀리의 말을 전해주었다.

"출전은 그럭저럭 하고 있나 보더라. 20경기 넘게 나왔다더라고."

"노리치엔 과분한 선수죠."

"돌아와도 아스날에 남을 수 있느냐가 문제지. 피레스에 융베리에……."

"사람 불안해지게 그러지 좀 마요."

민혁은 투덜댔다. 위험한 건 벤틀리나 자신이나 마찬가지였다.

물론 벤틀리보단 자신의 사정이 나았다. 자신의 기억이 맞다면 비에이라는 이번 시즌을 마지막으로 유벤투스로 이적할 테고, 그렇게 된다면 아스날의 중원은 자신과 세스크 파브레가스, 그리고 질베르투 실바와 플라미니가 경쟁을 하는 구도가 될 테니 말이다.

다시 말해, 최악의 경우라도 로테이션 정도는 보장이 된다는 이야기였다.

"그럼 저 갈게요."

"훈련 시간이야?"

"네."

"다음에 보자."

필 버트는 손을 한 번 흔들어주고는 몸을 돌렸고, 12세 팀 훈련장을 나온 민혁은 1군 훈련장이 있는 곳으로 발길을 돌렸다.

1군 훈련장에 있던 선수들은 무리뉴의 인터뷰를 놓고 대화를 하고 있었는데, 실력이 있으니 그래도 된다는 의견보다는 반대의 의견이 더 많았다. 아무리 영국이라도 연장자에 대한 예의는 갖춰야 한다는 관념이 없지는 않기 때문이었다.

여기가 맨체스터 유나이티드의 최대 라이벌인 아스날임을 생각해 보면, 아마도 맨체스터에선 무리뉴의 가상 화형식이 벌어지고 있어도 놀라울 게 없을 듯한 느낌이었다.

무리뉴의 실력을 가장 인정하고 있는 건 유스 팀에서 1군으로 올라온 세바스티안 라르손이었다.

"그래도 대단하긴 하잖아. 올 시즌 두 번밖에 안 진 팀이니까."

첼시는 시즌 2패를 기록했음에도 EPL 역대 최고 승점에 도전하고 있었다. 원래대로라면 맨체스터 시티에게 당한 충격패가 고작일 첼시였지만, 무리뉴에게 이를 갈게 된 민혁의 득점이 그들에게 한 번의 패배를 추가시킨 탓에 도전의 성패는 마지막 라운드가 되어야 알 것 같았다.

민혁은 그들의 대화를 듣고는 입을 열었다.

"우리도 돈 있으면 그만큼 할 수 있어."

"에이, 돈 많다고 다 성공하는 건 아니지. 리즈는 망했잖아."

"나는 할 수 있어."

민혁은 단호한 태도를 보였다. 자신은 미래에 성공하게 되는 유망주를 대부분 알고 있었다. 벵거가 자신의 의견을 받아들이기만 한다면 첼시가 들이는 이적료의 20%만으로도 그들 못지않은 스쿼드를 만들 자신이 있기 때문이었다.

"어떻게?"

"어… 쓸 만한 정보원이 있거든."

"누구? 에이전트?"

민혁은 어색하게 웃으며 화제를 돌렸다. 미래를 한 번 경험하고 왔다고 말할 수는 없으니 말이다.

"근데 우리 FA 컵 결승전 언제 하더라?"

"시즌 끝나고 하잖아. 아직 한참 남았어."

"아, 그랬지."

말을 돌리는 데 성공한 민혁은 속으로 안도하며 이야기를 이어나갔다. FA 컵 결승 상대가 맨유로 정해진 탓에 다른 선수들의 관심도 꽤 높았다. 첼시에게 우승을 빼앗긴 아스날과 맨유는 FA 컵을 따내기 위해 사력을 다할 터이기 때문이었다.

그렇게 FA 컵에 대한 이야기가 이어지는 동안, 그들에게서 조금 떨어진 곳에 있던 팻 라이스는 민혁을 보고는 묘한 표정을 지으며 중얼거렸다.

"그러고 보니……."

*　　　*　　　*

"윤 말인가요?"

벵거는 고개를 갸웃했다. 갑자기 민혁에 대한 이야기를 꺼내는 이유를 짐작하지 못한 탓이었다.

"네, 그 녀석 말입니다."

"무슨 문제라도 있나요?"

벵거의 얼굴엔 의외라는 표정이 담겨 있었다. 다소 건방진 면은 있지만 큰 문제를 일으킨 적은 없는 민혁이기 때문이었다.

그 시선을 마주한 팻 라이스는 문제는 아니라 말하며 이야기를 꺼냈고, 그의 이야기를 다 들은 벵거는 고개를 갸웃하며 입을 열었다.

"쓸 만한 정보원이라……."

그는 딱히 끌리지 않는다는 표정을 지었다. 각 구단에 자신의 선수를 추천하는 에이전트는 넘쳐났지만, 그들이 추천하는 건 보통 경쟁에서 패배하고 새 팀을 찾는 선수들이었다.

패배한 선수가 아니라도 문제는 있었다. 실력이 있음에도 팀을 옮기려 하는 선수들은 보통 높은 주급을 원하는 사람들이었고, 새 경기장 건설에 들어간 아스날로서는 그들이 원하는 주급을 줄 능력이 없었다. 당장 무패 우승을 이뤄낸 03─04 시즌 멤버까지도 팔아치우는 걸 고려해야 하는 아스날이기 때문이었다.

"그런 사람들 이야기에 관심을 가질 이유는 없을 것 같군요."

"보통은 그렇지만, 이번엔 무시할 만한 이야기가 아닌 것 같습니다."

벵거는 손가락에 끼워 돌리던 펜을 멈추고 고개를 들었다. 팻 라이스의 반응이 생각과는 다름에 놀란 듯한 눈치였다.

"특이한 점이 있나요?"

"네, 윤이 유스에 있을 때 영입한 선수가 있잖습니까. 프란시스 제퍼스라고……."

벵거의 표정은 형편없이 구겨졌다. 무려 800만 파운드를 들여 사 왔던 박스 안의 여우가 박스 안의 잉여였다는 기억이 떠올라 버렸기 때문이었다.

그에 대해 생각하던 벵거는 문득 한 가지 기억을 찾아내 입에 담았다.

"그러고 보니, 그때 윤이 제퍼스를 영입하지 말고 반 니스텔루이를 영입하라고 했던 기억이 있군요."

벵거는 새삼 아쉬워졌다. 그 반 니스텔루이는 맨체스터 유나이티드의 주포로 활약하면서 앙리와 득점왕 경쟁을 펼치고 있었다. 되돌아간 에버튼에서도 망해서 헐값에 찰튼에 팔아치워야 했던 제퍼스와는 정반대되는 활약이었다.

반 니스텔루이가 이만큼 할 줄 알았더라면 1,850만 파운드를 그냥 지불할 걸 그랬다는 아쉬움을 느끼고 있을 때, 팻 라이스는 손가락으로 무릎을 툭툭 치다 대화를 재개했다.

"하나 더 있습니다."

"뭐죠?"

팻 라이스는 얼마 전 떠오른 기억을 머릿속에서 찾아내 말했다.

"우리가 제퍼스를 관찰하고 있을 때, 윤은 이미 그가 실패할 거라는 이야기를 했다더군요."

"음?"

벵거는 자세를 고쳐 앉았다. 들고 있던 펜은 어느새 내려놓은 후였다.

"좀 더 자세히 말해보세요."

"유소년 총괄인 브래디 씨와 18세 팀 코치에게 들었던 이야기인데, 윤이 했던 말이 그대로 들어맞았다고 합니다. 돈을 밝히는 데다 코치를 무시하는 선수고, 재능도 과대평가되었다는 것 전부 말입니다."

"그래요?"

벵거는 흥미를 느꼈다. 그때의 민혁은 분명 16세 팀에 있었을 터였다. 그런데도 타 팀의 선수를, 그것도 수백 ㎞나 떨어진 곳에 있는 에버튼의 선수를 정확히 평가할 수 있었다는 건 분명 놀라운 일이었다.

"윤의 에이전트가……."

"모아시르 페데네이라스라는 브라질 사람입니다. 아마 그쪽을 통해서 알아낸 게 아닐까 싶습니다."

"흠……."

팻 라이스는 추가적인 내용을 입에 담았다. 리엄 브래디와 민혁이 나눴던 이야기에 대해서였다.

그 당시의 브래디는 민혁의 말에 별다른 무게를 두지 않았었지만, 이후 민혁의 말이 현실이 됨에 놀라 그때의 이야기를 간간이 입에 담고는 했던 것이다.

하기야 잉글랜드 무대에서 뛴 앨런 스미스와 조이 바튼은 그렇다 쳐도, 포르투갈에서 뛰고 있었을 크리스티아누 호날두까지 언급했다는 건 분명 놀라운 일이었다.

바로 그 호날두가 지금 아스날 최대의 라이벌인 맨체스터 유나이티드의 주전이 되어 있지 않은가.

"확인해 볼 가치는 있는 이야기군요."

"코치들을 불러올까요?"

벵거는 고개를 끄덕였고, 팻 라이스는 훈련장에 전화를 걸어 민혁을 가르쳤던 유소년 팀 코치들을 감독실로 불렀다.

유소년 팀 코치들을 불러 사실을 확인해 본 벵거는 복잡한 표정으로 생각에 잠겼다. 그들의 입에서 민혁이 세스크 파브레가스에 대한 이야기도 했었다는 걸 베르캄프에게 들었다는 말이 나온 까닭이었다.

'그땐 분명 영입을 생각하지도 않던 시기였는데.'

벵거는 흥미를 느꼈다. 유능한 스카우터가 팀의 수준을 한 단계 이상 높일 수 있다고 믿고 있던 그였기에, 그 정도로 유능한 스카우터를 얻을 수 있다면 백만 파운드를 들여도 아깝지 않을 느낌이었다.

그는 자신이 작성한 영입 명단과 방출 명단을 바라보았다. 그 명단을 가지고 테스트를 한번 해보는 것도 나쁘진 않을 것 같았다.

생각을 정리한 벵거는 팻 라이스를 향해 입을 열었다.

"윤의 에이전트를 만날 수 있을까요?"

*   *   *

모아시르는 당혹감을 감출 수 없었다. 민혁의 새 계약에 대해 이야기를 하려고 자신을 찾은 줄 알았건만, 유망주를 추천해 달라는 소리를 들었기 때문이었다.

"딱히 생각나는 사람이 없습니다만……."

"그래요?"

"네."

모아시르는 목덜미를 긁으며 어색하게 말했다.

"전 에이전트지 스카우터가 아닙니다. 코치라면 할 수 있지만 스카우팅엔 딱히 자신도 없고요."

그 말은 벵거를 당황시켰다. 민혁이 모아시르를 통해 선수들의 정보를 들었을 거라는 추측이 완전히 깨진 것이다.

'에이전트가 아닌가?'

의아해하던 벵거는 다른 가능성을 떠올리고 질문을 던졌다.

"윤이 아는 스카우터가 있나요?"

"아마 없지는 않을 겁니다."

"그렇군요."

그 답변은 당황을 지워주었다. 동시에 그의 머릿속에선 민혁이 PC 통신을 애용한다는 기억도 떠올라, 아마 인터넷에서 알게 된 사람이 정보의 출처가 아닐까 하는 생각도 스며들었다.

고개를 끄덕인 벵거는 한 장의 서류를 꺼내 모아시르에게 건네주었다.

다음 시즌 영입을 생각하고 관찰하고 있는 선수들의 목록이었다.

"윤에게 이걸 좀 전해주시면 고맙겠습니다."

"이게……."

"다음 시즌 영입을 고려 중인 선수들입니다. 그 스카우터에게 평가를 받아보고 싶군요."

모아시르의 얼굴엔 당혹감이 일었다. 유럽 최고의 스카우팅 팀을 가지고 있을 아스날에서 이런 부탁을 받으니 엄청난 부담감이 느껴진 탓이었다.

그런 기색을 발견한 벵거는 웃으며 말했다.

"자료는 많으면 많을수록 좋으니까요. 큰 기대는 없습니다."

모아시르는 부담감이 조금 덜어지는 느낌을 받았다. 그냥 참고 자료 정도라면 어떤 결론이 나오건 민혁에게 부담이 가는 일도 없을 거란 생각이었다.

판단을 끝낸 모아시르는 서류를 받아 들며 입을 열었다.

"언제까지 드리면 되죠?"

＊　　　＊　　　＊

민혁은 모아시르로부터 건네받은 두 장의 종이를 보았다. 아스날의 스카우트진과 아르센 벵거가 선택한 영입 명단이 기록된 서류의 복사본이었다.

첫 장엔 니클라스 벤트너와 비토 마노네, 그리고 아르망 트라오레와 알렉산더 흘렙의 이름이 있었다. 보기만 해도 한숨이 나오는 이름들이었다.

민혁은 그들의 옆에 정성스레 문장을 추가했다. 벤트너의 옆엔 '자기가 즐라탄인 줄 아는 과대망상중 환자'라는 문장을 적었고, 비토 마노네의 옆엔 '성장이 끝나도 프리미어 수준 아님'이라는 문장을 적어 넣었다.

아르망 트라오레의 옆에도 좋지 않은 평가가 남았다. '두 시즌만 지나도 기억이 나지 않을 만년 유망주'라는 문장이었다.

거기까지 설명을 붙였던 민혁은 알렉산더 흘렙을 보고는 펜을 멈췄다.

"뭐, 괜찮겠지."

민혁은 이번엔 좋은 평가와 애매한 뒤끝을 붙여놓았다. '최고의 드리블러(아이스크림 조심)'이라는 내용이었다. 바르셀로나로 이적 협상을 하러 간 게 아니라 아이스크림을 먹으러 갔을 뿐이라는 드립을 쳤던 기억이 떠올랐기 때문이었다.

거기까지 적은 민혁은 두 번째 장을 보고는 눈을 감았다.

다음 장은 더 한숨이 나오는 이름들이 적혀 있었다. 테오 월콧과 아부 디아비, 엠마누엘 아데바요르와 알렉스 송이 그들이었다.

민혁은 테오 월콧의 옆엔 '뇌 없음'이라는 글자를 적어놓았다. 그리고 그 아래에 있는 아부 디아비의 옆엔 '엄청난 유리 몸'이라는 글자를 적었고, 그 아래에 적인 엠마누엘 아데바요르의 옆엔 '실력은 좋지만 엄청나게 탐욕스러운 가족들이 문제'라는 글자를 적었다.

그리고 알렉스 송의 이름 옆엔 여섯 개의 점만 찍어놓았다. 포텐셜이 폭발하기 전의 알렉스 송은 완벽한 민폐였지만, 포텐셜이 터진 후의 그는 EPL에서 손꼽히는 미드필더로 평가받기도 했기 때문이었다.

물론 아주 잠깐인 데다 미켈 아르테타의 백업 덕분에 거둔 성과긴 하지만 말이다.

"진짜 영입 명단 왜 다 이따위냐……."

민혁은 탄식을 뱉었지만, 사실 그들이 그렇게까지 나쁜 선수는 아니었다.

월콧은 분명 괜찮은 선수였다. 포텐이 터질 무렵이 되면 부상을 당해서 초기화되는 문제가 심각해서 그렇지, 재계약 시즌의 모습만 보면 거의 월드 클래스에 근접한 경기력을 보였다.

하지만 초기화된 직후의 월콧은 특유의 뇌 없는 플레이로 사람의 복장을 터지게 하는 것도 사실이었다.

아부 디아비도 다르지 않았다. 검은 지단이란 별명을 가질 정도의 테크니션인 그는, 경기에 나올 때마다 놀라운 플레이를 보여주는 선수였다.

그러나 그에겐 치명적인 문제가 있었다. 경기에 나올 수 없다는 점이었다.

그는 오웬 하그리브스나 조나단 우드게이트에 버금가는 유리 몸이었다. 어찌나 경기에 나오는 빈도가 적던지, '환상의 포켓몬 아부 디아비'라는 말까지 나오게 될 정도였다.

그리고 엠마누엘 아데바요르…….

사실 그는 문제가 있는 선수가 아니었다. 한때 돈에 미친 배신자라는 평가를 듣기도 했던 아데바요르지만, 2015년에 밝혀진 뒷이야기는 그에 대한 평가를 완전히 바꿨다. 수십 명의 가족과 친척들에게 쥐어짜인 ATM 신세라는 게 밝혀진 덕분이었다.

만약 그가 10년만 더 일찍 가족들과 인연을 끊었더라면 아스날의 충신이 되었을지도 몰랐겠지만, 아프리카의 전통적인 가족 관념에서 벗어나지 못한 그는 결국 맨시티 이적 후 역주

행을 벌인 역적이 되고 말았다.

'이번에 오면 천천히 설득이나 해봐야지.'

민혁은 그를 설득해 볼 생각이었다. 그만큼 아데바요르라는 선수는 매력적인 능력을 가지고 있던 데다, 사실 인격적으로도 나쁘긴커녕 칭찬을 받아야 마땅한 사람이었다. 자비로 토고의 병원을 운영해 빈민이나 다름없는 사람들을 구제함은 물론, 영국에서도 희귀 난치병에 걸린 환아(患兒)를 후원하기도 했으니 말이다.

그는 정말, 그 아귀 같은 가족들만 아니었다면 비난을 받을 이유가 전혀 없는 사람이었다.

생각을 정리한 민혁은 이적 예정자 명단이 담긴 서류를 다시 한번 보고는 봉투에 집어넣었다. 이대로 뱅거에게 가져다 줄 생각이었다.

다음 날, 민혁에게서 서류를 받아 든 뱅거는 민혁이 적은 설명을 흥미롭게 바라보다 질문을 던졌다.

"아이스크림 조심은 뭐지?"

"어……"

머뭇거리던 민혁은 어깨만 으쓱했다. 흘렙이 나중에 아이스크림 드립을 치면서 아스날에서 탈출을 시도할 거라고 말할 수는 없었던 까닭이었다.

"저도 잘 모르겠어요."

뱅거는 잠시 민혁을 보다 고개를 끄덕인 후 말을 이었다.

"일단 이 내용은 이번 시즌에 확인해 보마."

"맞으면요?"

"맞으면?"

"네."

"정식으로 이 스카우터를 고용해야지."

민혁은 당황했다. 그 스카우터가 자신이라고 말할 수는 없기 때문이었다.

"어… 구단에서 별로 일하고 싶지 않다던데요."

"왜지?"

"보, 본업이 있고 스카우트는 취미라서요."

잠깐 의아해하던 벵거는 이내 납득한 표정을 지었다. 변호사나 CEO 같은 고소득자라면 충분히 가능한 이야기였다.

그는 두어 번 고개를 끄덕인 후 화제를 바꿨다.

"혹시 추천할 만한 선수에 대해 들은 게 있나?"

"몇 명 있어요."

"한 명만 고른다면?"

민혁의 조금의 고민도 없이 한 선수의 이름을 꺼냈다.

"하비에르 마스체라노요."

"마스체라노?"

"네."

민혁은 눈까지 빛내며 말했다. 아스날 몰락의 가장 큰 이유 중 하나가 홀딩 미드필더의 부재라는 점을 알고 있는 까닭이었다.

"홀딩 미드필더인데, 아마 지금 브라질에서 뛰고 있을 거예요. 카를로스 테베즈랑 같이요."

"흠……."

뱅거는 민혁의 말을 머릿속에 담았다.

홀딩 미드필더라면 한 번쯤 영입을 시도해 보는 것도 나쁘지 않았다. 비에이라를 팔아버릴 생각이라 그의 빈자리를 채울 선수가 필요하기도 했으니, 마스체라노라는 선수가 괜찮다는 판단이 든다면 영입을 못 할 이유는 없었다.

하지만 마스체라노가 아스날로 올 가능성은 없었다. 마스체라노와 테베즈의 웨스트햄 이적은 웨스트햄 인수를 노리던 사모펀드 MSI의 작품이기 때문이었다.

사실, 민혁이 회귀하기 전에도 아스날은 마스체라노에게 오퍼를 넣은 적이 있었다. 2006년 독일 월드컵이 끝난 직후의 일이었는데, 마스체라노는 그 대회에서 엄청난 경기력을 선보여 많은 빅클럽의 오퍼를 받았다.

그중엔 아스날도 끼어 있었고, 경쟁자는 맨체스터 유나이티드와 FC 첼시, 그리고 바이에른 뮌헨과 밀란에 로마도 있었다. 스페인을 제외한 모든 주요 리그의 빅클럽이 쟁탈전에 참여했다는 이야기였다.

그럼에도 불구하고, 마스체라노와 테베즈는 MSI의 입김에 의해 웨스트햄으로 떠났던 것이다.

그걸 모르는 민혁은 적잖은 기대를 갖게 되었다. 세계 최고의 홀딩 미드필더로 성장하는 마스체라노가 온다면 아스날이 몰락하지는 않으리란 생각이 들어서였다.

"소속 클럽은?"

"어… 그것까진 기억이 안 나는데요."

민혁은 머리를 긁었다. 웨스트햄으로 이적하기 전, 카를로스 테베즈와 함께 브라질에서 뛰었다는 것밖에 기억에 남아 있지 않았기 때문이었다.

"괜찮다. 이름만 알면 찾는 게 어렵지는 않으니까……."

벵거는 마스체라노라는 이름을 되뇌며 말했다. 그 역시도 MSI라는 스포츠 기업을 모르고 있었기에, 스카우터가 긍정적인 연락을 취해온다면 영입을 고려할 생각을 가지고 있었다.

"수고했다. 나가보도록."

민혁은 자리에서 일어나 인사를 한 후 감독실을 떠났다. 발걸음이 가벼운 걸 보면 이번 면담이 그에게 긍정적인 기대감을 불어넣은 모양이었다.

그가 떠난 후, 벵거는 팻 라이스에게 서류를 넘겨주며 입을 열었다.

"일단 이 명단에 있는 선수들은 영입하세요. 윤이 가져온 내용이 맞는지는 확인을 해봐야죠."

"알겠습니다."

벵거의 생각에 동의한 팻 라이스는 반론을 제기하지 않았다. 정체불명의 스카우터가 한 말만 믿고 영입 명단을 바꾸는 건 바보짓이었다.

어차피 명단에 있는 선수들의 이적료는 딱히 부담되는 액수가 아니었다. 1,500만 유로로 합의된 알렉산더 흘렙을 제외한 나머지는 다 합쳐봐야 프란시스 제퍼스와 리처드 라이트를 사 왔던 가격에도 미치지 못하기 때문이었다.

거기에 생각이 미친 벵거는 순간 일어난 현기증에 이마를 짚었다. 프란시스 제퍼스와 리처드 라이트에게 사용한 1,400만 파운드를 생각하면 자다가도 벌떡 일어날 지경이었다.

1,400만 파운드.

앙리의 이적료보다 230만 파운드나 높은 금액이 아닌가.

"감독님?"

"아… 잠깐 어지러워서 그랬습니다. 괜찮아요."

벵거는 책상 모서리를 잡고 상체를 일으켰다. 아무래도 제퍼스와 리처드 라이트에 대해선 빨리 잊는 게 좋을 것 같았다.

의자 등받이에 몸을 기대고 눈을 감았던 벵거는 민혁과 나누던 말을 떠올리고는 눈을 뜨며 말했다.

"참, 브라질에도 스카우터를 보내야겠습니다. 적당한 사람이 있나요?"

"윤이 말한 그 선수 때문인가요?"

벵거가 고개를 끄덕이자, 팻 라이스는 수첩에 하비에르 마스체라노라는 이름을 적었다. 브라질에 있는 현지의 스카우터에게 이름을 보내 영상과 기록을 가져오게 할 생각이었다.

그로부터 두 달이 지나갈 무렵.

니클라스 벤트너와 비토 마노네, 알렉산더 흘렙이 아스날에 입성했다.

9

아스날 주전 경쟁

2005년 7월.

대한민국은 흥분의 도가니에 빠져 있었다. 2002 월드컵의 주역이자 PSV 아인트호벤을 챔피언스리그 4강에 올린 대한민국의 에이스가 맨체스터 유나이티드로 이적한다는 기사가 떴기 때문이었다.

그 기사를 본 민혁은 왠지 모를 소외감을 느꼈다. 회귀 전이면 몰라도 지금은 자신이 한국인 1호 프리미어리거인데 비중이 너무 없는 거 아닌가 싶어서였다.

하지만 이해하지 못할 일은 아니었다. 작년에 찍은 3분 카레 CF마저 망해 버릴 정도로 인지도가 없는 민혁이기 때문이었다.

민혁은 국가대표로도 보여준 게 없는 데다가, 프리미어리거라고는 해도 후보 신세에 머물러 있던 탓에 한국에서의 인지도가 높지 않았다. 어릴 적 KBC 휴먼 히스토리 출연과 AFC U-17 청소년 축구 선수권대회 우승 및 MVP라는 성과를 거두긴 했지만, 하나는 너무 오래전의 일이었고 다른 하나는 언급도 잘 되지 않는 대회였던 까닭이었다.

그러나 이번 시즌부터는 이야기가 달랐다. 비에이라가 유벤투스로 이적했기 때문이었다.

"마스체라노가 좀 아쉽네."

주전 경쟁에서 이기리라 다짐하던 민혁은 조용히 아쉬움을 흘렸다. 마스체라노가 아스날로 왔다면 자신과 세스크 파브레가스의 공존이 쉬웠을 거라는 생각이 들어서였다.

마스체라노의 아스날 이적은 이뤄지지 않았다. 그의 소유권을 가진 MSI는 무려 3,500만 파운드라는 거액을 요구했고, 경기장 건설로 돈이 없었던 아스날은 3,500만 파운드라는 소리에 기겁해 협상을 아예 중단해 버렸다.

하기야 돈이 있었더라도 그 요구에 맞춰줄 벵거가 아니었다.

만약 아스날에 돈이 있었더라도, 어떻게든 1,500만 파운드 이하로 깎으려다 협상이 엎어지고 말았으리라.

그런 생각을 하던 민혁의 귀에 익숙한 목소리가 흘러들었다. 플라미니였다.

"몸 안 풀어?"

"풀고 있어."

민혁은 허리를 천천히 돌렸다.

그는 바넷과의 프리시즌 경기 선발 명단에 들어 있었다. 프리시즌이라고는 해도 오랜만의 선발이라 기분이 약간 올라온 상태였다.

그 경기에서, 민혁은 무려 세 골을 득점하는 쾌거를 이뤘다. 첫 골은 드리블에 이은 기습적인 중거리 포였고, 두 번째와 세 번째는 각각 흘렙과 파브레가스의 패스를 이어받아 넣은 골이었다.

벵거는 흥미롭다는 표정으로 경기장을 보았다. 민혁이 이렇게 잘할 줄은 몰랐다는 생각이 얼굴에 떠올라 있었다.

그건 팻 라이스도 다르지 않았다.

"이렇게 잘할 줄 알았으면 지난 시즌에 좀 더 많이 쓸 걸 그랬습니다."

"시즌 초에 부상만 안 당했으면 썼을 겁니다. 부상이 문제였어요."

벵거는 쓴웃음을 물며 답했다. 민혁이 아시안컵 출전을 하러 갔다가 다쳐서 오는 일만 없었다면 세스크가 차지한 자리는 민혁의 것이 되었을 터였기 때문이었다.

"이번 시즌부터는 주전 경쟁에 참여시키는 게 좋을 것 같은데, 감독님 의향은 어떠십니까?"

"그럴 생각입니다."

벵거는 진지한 표정으로 말했다. 비록 바넷이 하부 리그 팀이란 건 고려해야겠지만, 민혁이 이 경기에서 보인 퍼포먼스는 하부 리그 팀을 상대로 넣은 골임을 잊게 할 정도로 완벽했다. 마치 전성기의 베르캄프를 보는 듯한 착각이 들 정도로 말이다.

"세스크와의 호흡도 나쁘지 않군요."

"하지만 수비가 문제입니다. 바넷이야 하부 리그 팀이니 괜찮겠지만……."

벵거는 다시 한번 고개를 끄덕였다. 팻 라이스의 걱정에 일리가 있었기 때문이었다.

이번 경기에 나선 아스날의 미드필더는 알렉산더 흘렙과 민혁, 그리고 세스크 파브레가스와 데이비드 벤틀리였다. 수비를 담당할 선수가 하나도 없다는 이야기였다.

하부 리그 팀인 바넷을 상대할 때라면 모를까, 프리미어리그에 속한 팀들을 상대로 내보내기엔 위험성이 너무 큰 조합이었다.

"포메이션을 바꿔보는 건 어떨까요?"

벵거는 그 말에 미간을 좁혔다. 4—4—2야말로 가장 완벽한 포메이션이라 생각하는 그로서는 달갑지 않은 이야기였다.

하지만 그는 무작정 고집을 피우는 감독이 아니었다.

다른 포메이션으로도 아스날다운 축구를 할 수 있다면, 그리고 지금보다 더 결과가 좋다면 선택하지 않을 까닭이 없었다.

"실바나 플라미니를 2.5선에 놓는 방안을 고려해 보자는 거군요."

"네. 아마도 베르캄프를 빼야겠습니다만……."

"레예스와 피레스 조합이라면 득점을 충분히 기대할 수 있겠죠. 윤과 세스크의 공격력도 나쁘지 않은 수준이고요."

벵거는 긍정적인 반응을 보였다. 그렇지 않아도 활동량이 급격히 떨어진 베르캄프는 이번 시즌을 끝으로 은퇴를 할 예정이었던지라, 4-4-2를 4-3-3이나 4-5-1로 바꾸는 것도 나쁘지 않아 보였다.

"하지만 로빈이 붕 떠버리는 게 문제입니다."

팻 라이스는 앙리와 함께 전방에 머물러 있는 반 페르시를 보며 말했다. 체력이 떨어진 베르캄프를 대신해 전방을 책임져야 할 그가 경험을 쌓는 것도 중요했기 때문이었다.

그 부분을 고민하던 벵거는 해결책을 내놓았다.

"당분간 레예스와 번갈아 가면서 왼쪽 윙으로 출전시키는 게 좋을 것 같군요. 훈련도 그렇게 진행해 주세요."

"알겠습니다."

"그리고……."

벵거는 벤치에 앉은 선수들을 하나씩 가리키며 교체를 지시했다. 새로 영입된 선수들의 실력과 적응력을 테스트해 볼 생각이었다.

20분을 남겨놓고 투입된 벤트너는 아스날 선수다운 예능감으로 데뷔전을 장식했다. 그럼에도 그는 자신이 잘못한 건 하나도 없다는 뻔뻔한 태도로 두 팔을 벌리며 패스를 넣어준 벤틀리를 빤히 바라보았다. 공이 조금만 더 짧게 왔으면 분명히 골을 넣었을 거라는 표정이었다.

그걸 본 벵거는 '자기가 즐라탄인 줄 아는 과대망상증 환자'라는 평가를 떠올리고는 이마를 짚었다.

그 평가가 프리시즌 첫 경기에서 사실로 증명될 줄이야 누가 알았겠는가.

'아니, 조금 더 지켜보자.'

어차피 벤트너는 100만 파운드도 안 되는 돈으로 데려온 선수였다. 터지면 좋고 아니면 말고라는 생각으로 데려왔으니, 컵 경기에서 조금씩 쓰다가 팔아버리면 그만이었다.

그리고 얼마 후.

벤트너는 또 한 번 예능감을 발휘해, 기어코 벵거의 입에서 한숨이 나오게 하고 말았다.

*　　　*　　　*

2005—06 프리미어리그 4라운드 시작 30분 전.

라커룸에 들어온 민혁은 빈자리를 보며 허전함을 느꼈다.

저스틴 호이트와 데이비드 벤틀리가 사용하던 자리였다.

저스틴 호이트는 이번 시즌 선더랜드에 임대되었고, 노리치로 임대를 갔다 돌아온 데이비드 벤틀리는 프리시즌만 보낸 후 블랙번 로버스로 임대되어 떠났다. 둘 모두 안정적인 주전 출장의 기회를 놓치고 싶지 않았던 모양이었다.

'뭐, 잘하겠지.'

민혁은 저스틴의 선택에 박수를 보냈다. 이번 시즌 프리미어리그로 올라온 선더랜드는 재정과 선수단 모두가 빈약한 팀이기에, 아스날에서 주전을 잡지 못한 저스틴이라도 활약할 기회가 많을 터였다.

하지만 그가 아스날에서 주전으로 성공할 거라고는 생각하지 않았다. 민혁과 어울린 덕분에 빌드업과 볼컨트롤 실력은 향상됐지만, 180㎝라는 신장과 수비 능력은 그다지 성장하지 않았기 때문이었다.

그건 프리메라리가에 속한 팀의 선수에겐 어울리는 능력이지만, 프리미어리그에 속한 팀이 원하는 선수로서는 매력적인 옵션이 되지 못했다.

민혁은 그가 돌아오면 스페인에 있는 팀을 알아볼 것을 권해야겠다는 생각을 하고는 고개를 돌렸다.

"옷 다 갈아입었으면 여기를 봐라."

아르센 벵거는 코치들이 가져온 화이트보드에 간단한 전술 개요를 적었다. 한 가지를 빼면 지난 시즌과 거의 동일한 지시였으나, 그 다른 한 가지가 선수들의 눈길을 끌었다. 이번 시즌 초부터 간간이 실험을 해온 4—5—1 포메이션 시스템을 처음부터 적용한다는 내용이 적혀 있었다.

"4—5—1인가요?"

"그래."

벵거는 마티유 플라미니와 질베르투 실바를 번갈아 보고는 화이트보드를 짚으며 말을 이었다.

"이번 경기에선 이 자리에 서는 선수가 제일 중요하다. 하지만 무리는 하지 말도록."

전술 설명은 그걸로 끝났다. 본래 큰 틀만 잡고 세부적인 부분은 선수들에게 맡기는 스타일의 감독이라 그런지, 화이트보드에 적어놓은 전술적 맥락만 숙지하면 나머지는 알아서 해도 좋다는 태도를 보이고 있었다.

"아, 그리고 하나 더."

벵거는 진지한 표정으로 말했다.

"방심하지 말도록."

*   *   *

민혁은 라커룸에서 들은 내용을 머릿속에 떠올리며 주변을 훑었다. 지시 자체는 그리 복잡하지 않았으나, 많은 부분에서 자율성을 보장받은 만큼 결과를 이끌어내는 것도 선수가 감당을 해야 할 부분이었다.

'저쪽이 문제인데.'

민혁은 푸른 옷을 입고 있는 상대 팀 선수들을 살피며 중얼거렸다.

이번 경기 상대는 EPL의 도깨비 팀으로 유명한 미들즈브러였다. 강팀에 강하고 약팀에 약한 특징을 가진 신기한 팀이라, 리그의 강호로 꼽히는 아스날로서는 의외의 긴장을 하게 되는 상대였다.

그중에서도, 민혁이 주목한 것은 조지 보아텡과 스튜어트 다우닝이었다. 중앙미드필더로 출전한 자신이 직접 상대해야 하는 선수들이었다.

"왜? 긴장돼?"

"딱히. 넌?"

파브레가스는 씨익 웃고는 몸을 돌렸다. 지난 시즌 주전에 가까운 위치를 차지했던 그라, 미들즈브러 같은 팀과의 경기에선 긴장하지 않는 것 같았다.

그 모습은 민혁의 긴장을 풀어주었다. 하기야 아무리 도깨비 팀이라도 자신과 파브레가스가 공격을 진행하는 아스날을 상대하기란 쉽지 않을 터였다.

그러나 그 생각은 전반이 끝나기도 전에 무너져 버렸다.

─아… 미들즈브러의 야쿠부, 야쿠부가 골을 넣습니다. 아스날 수비진이 너무 안일했어요.

작년에 이어 중계권을 산 한국의 KBC 스포츠 소속의 김동완 해설이 비통한 심정을 담아 말했다. 딱히 아스날의 팬인 건 아니지만, 그래도 민혁이 있는 아스날이 승리를 거둬야 상부의 기분이 좋아짐을 아는 까닭이었다.

그의 옆에 있던 한정우 앵커도 우울한 목소리로 입을 열었다. 이대로 전반전이 끝나면 KBC 스포츠부장이 한바탕 난리를 칠 거라는 예감이 들어서였다.

─괜찮습니다. 아스날은 두 시즌 전에 무패 우승을 이루어낸 강팀이니까요. 아마 후반전엔 180도 달라진 모습으로 대한민국의 축구 팬 여러분을 찾아올 겁니다.

─그랬으면 정말 좋겠습니다. 이왕이면 윤민혁 선수가 골을 좀 넣어줬으면 좋겠는데요…….

그들은 외부와 연결된 모니터를 힐끗 보았다. 그곳에 떠 있는 채팅창은 아스날의 팬과 맨체스터 유나이티드 & 첼시 팬들의 콜로세움이 되어 있었고, 야쿠부의 골은 아스날 팬들을 한껏 위축시키는 한편 반대편에 서 있는 사람들의 기세를 등등하게 하고 있었다.

─말씀드리는 순간 피레스의 패스가 윤민혁 선수에게 연결되었습니다. 20m 롱패스에 이은 완벽한 퍼스트 터치입니다!

─아… 수비가 각도를 잘 잡고 있어요. 슛을 할 각도가 안 나옵니다.

수비에 막힌 민혁은 파브레가스에게 공을 넘겼다. 하지만

한 골을 먼저 넣고 수비로 돌아선 미들즈브러를 뚫기엔 역부족이었다.

그가 공을 가지고 시간을 끄는 사이, 전반전 종료를 알리는 휘슬이 울렸다.

*　　　*　　　*

"운이 없었다."

벵거는 침착했다. 웬만한 감독이라면 네놈들의 태만이 문제라며 버럭버럭 소리를 질렀을 테지만, 그는 냉정한 태도로 상황을 분석한 후 해결 방안을 찾아나갔다.

"윤."

"네?"

"후반에 좀 더 공격적으로 나가도 좋다. 그리고 세스크는……."

그는 간단한 전술 변경을 지시했다. 하지만 역시 세부적인 부분은 선수 개개인의 자율에 맡겨두는 식이었다.

"좋아, 그럼 후반엔 뒤집길 기대해 보마."

선수들은 짧게 답하며 라커룸을 떠났다. 그들의 표정은 밝아졌지만, 뒤에 남은 벵거는 그렇지 못했다.

'비에이라를 팔아버린 게 실수였나.'

벵거는 팔짱을 낀 채 생각에 잠겼다. 민혁과 파브레가스가 비에이라를 대신할 수 있으리란 믿음엔 변함이 없지만, 비에이라는 아직 어린 그 둘에겐 기대할 수 없는 리더십을 가지고 있었다.

그러던 그는 고개를 저으며 선수들을 따라 라커룸을 떠났다. 그런 부분은 이번 시즌부터 주장이 된 앙리를 믿는 수밖에 도리가 없었다.

그로부터 얼마 후.

후반전 개시를 알리는 휘슬이 울렸다.

미들즈브러의 감독 스티브 맥클라렌은 표정 없는 얼굴로 경기장을 보고 있었다.

아스날 팬들은 그를 별로 좋아하지 않았다. 퍼거슨과 함께 맨체스터 유나이티드의 전성기를 이끌어왔으며, 그 공을 인정받아 미들즈브러의 감독이 된 사람이기 때문이었다.

그건 아스날에 오래 있던 선수들도 같았다. 그들은 스티브 맥클라렌을 미들즈브러의 감독보다는 맨체스터 유나이티드의 수석 코치로 느끼고 있었기에, 이 경기에서 지는 건 맨유에게 패배한 것과 다를 바 없다 여기고 있었다.

─아스날 선수들 의욕이 넘치는 플레이를 보이고 있습니다. 패스가 빠릅니다.

─우리 국가대표선수들도 저런 패스를 배워야 돼요. 2002년 이후로 지고 있을 때도 시간을 끄는 경향이 생겼는데, 그렇게 점유율을 올려봐야 아무 소용이 없다는 걸 알아야 됩니다.

―그렇습니다. 월드컵 4강에 안주하지 말고 앞으로도…….

―말씀드리는 순간 앙리가 공을 잡았습니다. 중앙 돌파, 가레스 사우스게이트를 뚫어내고 슛! 막힙니다!

―좋은 패스였습니다. 세스크 파브레가스의 멋진 패스, 완벽한 기회를 만들어냈지만 선방에 막히는군요.

앙리는 파브레가스에게 엄지를 들어주었다. 각도가 조금만 더 나올 수 있었다면 좋았겠지만, 그 상황에서 줄 수 있는 패스 중에선 가장 좋은 루트로 들어온 공이었다.

골킥으로 시작된 미들즈브러의 공격은 캠벨의 헤딩으로 끊겼다. 공은 애슐리 콜을 거쳐 민혁에게 닿았고, 민혁은 측면으로 빠져 라인을 따라 달리다 방향을 바꾸며 뒤쪽으로 공을 넘겨주었다.

애슐리 콜은 공을 받자마자 전방으로 크로스를 날렸다.

크로스는 페널티박스를 넘어 반대편에 닿았다. 오버래핑을 나온 로렌은 막 라인을 넘어갈 뻔한 공을 간신히 잡아 중앙으로 넘겼고, 그 공은 수비수를 따돌리고 침투한 민혁의 발밑에 닿았다.

―윤민혁 선수 공 잡았습니다. 앞에는 수비 두 명, 뒤쪽으로 한 명이 더 접근합니다.

―이럴 땐 욕심을 내지 말고…….

―아, 윤민혁 선수 넘어집니다. 심판, 심판… 찍었습니다! 페널티킥입니다!

미들즈브러 선수들은 심판을 둘러싸고 항의를 이어갔다. 접촉이 있었음은 부정하지 않지만 저만한 접촉으로 쓰러지는 게 말이 되느냐는 항의였다.

그러나 심판의 판정은 바뀌지 않았다.

약간의 소란이 진정된 후, 앙리는 긴장된 표정으로 페널티 스폿에 공을 가져다 놓고 물러났다. 동점이 될 수 있는 절호의 찬스였다.

─앙리 골! 동점이 됩니다!

앙리는 두 팔을 치켜올리며 만세를 불렀다. 미들즈브러의 질식 수비를 뚫어낸 기쁨이 느껴졌다.

기뻐하는 아스날의 선수들과 달리, 미들즈브러의 선수들과 코치진은 신경질적인 반응을 보였다. 감독 스티브 맥클라렌은 대기심을 붙잡고 뒤늦은 항의를 보냈고, 대기심은 그에게 진정하라는 손짓을 보내곤 희미하게 웃어 보였다. 이렇게 흥분해 봐야 이로울 게 없다는 의미의 제스처였다.

그로부터 7분 후. 민혁은 한 번의 기회를 추가로 만들었다.

─사우스게이트 선수, 오늘 고생 많이 합니다.

─은퇴가 얼마 남지 않은 선수인데요. 오늘 많이 뚫리는군요.

KBC 스포츠 중계진의 말대로, 센터백 사우스게이트는 앙리와 민혁에게 번번이 뚫리고 있었다. 이러다가 노이로제가 걸리지 않을까 걱정까지 하게 될 정도였다.

심판은 공을 잡은 앙리를 불러 프리킥 지점을 고칠 것을 지시했다. 그가 공을 놓은 곳보다 3m나 뒤쪽으로 물러난 곳이었다.

앙리는 어깨를 으쓱해 보인 후 그곳에 공을 놓고 전방을 살폈다. 직접프리킥을 노리기엔 각도가 별로 좋지 않았다.

"윤, 대신 차."

"그래도 돼요?"

"직접 차려고 했는데 각이 안 나와."

민혁은 그쪽으로 달려가 자리를 잡았다. 그리고 앙리는 페널티박스 안으로 들어가 수비수들과 신경전을 벌이기 시작했고, 심판은 선수들을 진정시킨 후 휘슬을 입에 물었다.

휘슬 소리와 함께 날아간 공은 골키퍼 마크 슈워처의 손을 맞고 밖으로 나갔다. 스로인이었다.

라인으로 달려간 로렌이 공을 잡아 던지려 할 때, 주심이 멈추라는 손짓을 하고는 중앙선을 보았다. 미들즈브러의 선수 교체였다.

―맥클라렌 감독 미드필더 교체를 지시합니다. 보아텡이 나가고 레이 팔러 들어옵니다.

―아스날 팬들에겐 익숙한 선수죠?

―네. 10년 이상 아스날에서 뛰었던 선수입니다. 두 번의 더블과 무패 우승을 함께한 선수죠.

중계진의 설명이 이어지는 동안 들어온 팔러는 민혁에게 다가가 말했다.

"꼬맹아, 좀 살살 해라."

"봐주는 거 없어요. 그리고 언제까지 꼬맹이예요?"

"너 은퇴할 때까지."

"……."

민혁은 어이가 없다는 표정을 짓고는 몸을 돌렸다. 하기야 팔러는 자신이 유스에 있을 때부터 보았으니 꼬맹이란 말이 입에 붙었을 테지만, 1군 팀에 올라온 지 몇 년이 지난 지금까지 그런 말을 듣고 싶진 않았다.

"왜? 팔러가 뭐래?"

"꼬맹이래요."

"심리전 거는 거야. 말려들지 마."

"알아요."

피레스는 민혁의 머리를 가볍게 헝클어뜨리곤 자리로 돌아갔다.

그 후의 경기는 지루하게 흘러갔다. 스티브 맥클라렌이 팔러를 투입한 건 공격을 하겠다는 의도가 아니라, 노련한 팔러의 판단력을 믿고 시간을 최대한 끌어 승점 1점이라도 따내고 말겠다는 계산이었다.

하지만 맥클라렌의 작전은 실패로 돌아갔다.

팔러가 투입된 지 3분 남짓한 시간이 흘러갈 무렵, 파브레가스의 패스가 오프사이드 라인을 뚫어버렸다. 그야말로 송

곳 같은 패스였다.

패스를 예상했던 민혁은 전력으로 질주해 공을 잡았다. 골키퍼와의 1 대 1 찬스였다.

─윤민혁 선수, 골키퍼와 일대일!

─골키퍼 제칩니다! 완벽하게 비어버린 골대… 골! 골입니다! 윤민혁 선수 역전골! 아스날 팬들 일어나서 환호합니다!

민혁은 환호했다. 이번 시즌 정규리그 첫 번째 골이었다.

그와 반대로, 스티브 맥클라렌은 인상을 쓰며 왼손으로 얼굴을 감싸 쥐었다.

*   *   *

마시모 맥캐론의 동점골로 따라붙은 미들즈브러는 레예스에게 한 골을 내어 줌으로써 패배를 기록했다. 원래대로라면 아스날을 꺾고 승점 3점을 추가했어야 했을 그들이 오히려 승점을 빼앗긴 것이다.

'왠지 좀 미안하네.'

민혁은 허탈해하는 마시모 맥캐론에게 다가가 유니폼을 내밀었다. 민혁만 아니었으면 이번 경기의 MOM으로 꼽혔을 그는 허탈함을 지워내고 유니폼을 맞교환한 후 민혁의 어깨를 두어 번 두드리며 입을 열었다. 하지만 이탈리아어로 꺼낸 말이라 민혁이 그 내용을 알 수는 없었다.

'뭐라고 한 거야?'

민혁은 멀어지는 그를 한참이나 보았다. 표정이나 억양의 세기로 보아 욕을 한 건 아닌 것 같았지만 내용을 모르니 답답한 느낌이었다.

"꼬맹이, 많이 컸던데?"

"충분히 컸죠."

레이 팔러는 유니폼을 건네려다 미간을 좁혔다. 민혁이 이미 유니폼을 바꿨음을 알아챘기 때문이었다.

"유니폼은 나랑 바꿔야 되는 거 아니냐?"

"에이, 다른 사람들 섭섭하게 왜 그래요. 저기 앙리도 있고 피레스도 있는데."

"네가 MOM이잖아."

"아직 결정 안 났거든요?"

팔러는 피식 웃었다. 1골에 PK 유도 1회, 거기에 드리블 성공 5회를 기록한 민혁이 MOM이 아니면 누가 MOM이 된단 말인가.

"괜히 빼는 것도 건방지게 보이거든?"

민혁은 어깨를 으쓱한 후 팔러와 인사를 나누고 라커룸으로 향했다. 신발을 갈아 신고 곧바로 샤워장으로 향할 생각이었다.

하지만 민혁은 팻 라이스에게 붙들려 인터뷰장으로 향해야 했다. 팔러의 말대로 MOM으로 뽑힌 탓에 원치 않는 인터뷰를 해야만 했던 것이다.

"어서 와라."

"이거 꼭 해야 하나요?"

"해야지."

뱅거는 빈 의자를 가리켰다. 최대한 짧게 끝내달라고 부탁했으니 너무 부담을 가지지 말라는 말이 이어졌지만, 이미 부담은 엄청나게 가중되어 있었다.

그로부터 얼마 후. 경기 결과에 대한 기사를 송고하고 돌아온 기자들이 인터뷰를 따기 위해 기자실로 들어왔다.

기자들은 뱅거에게 이번 승리에 대한 소감을 요청했다. 이런 일에 익숙한 뱅거는 상대 팀도 좋았지만 우리 팀의 경기력이 조금 더 나았을 뿐이라는 말로 인터뷰를 끝냈다. 꼬투리를 잡힐 만한 말은 하지 않겠다는 태도가 드러나는 모습이었다.

기자들은 민혁으로 타깃을 바꿨다.

"토크 스포츠의 라이언 스미스입니다. 윤 선수에게 질문을 드리고 싶은데요."

하품을 하고 있던 민혁은 그를 향해 고개를 돌렸다. 도대체 무슨 소리를 하나 싶어서였다.

라이언 스미스는 재빨리 말했다.

"맨체스터 유나이티드와 토트넘에도 한국 선수들이 입단했는데, 2002 월드컵 4강 멤버들과 비교된다는 부담감은 없으십니까?"

"…없는데요."

기자들은 멈칫했다. 민혁의 표정에서 귀찮음마저 묻어 나오고 있었던 탓이었다.

'아, 빨리 집에서 쉬고 싶다.'

민혁의 머릿속엔 침대만 자리했다. 미들즈브러 선수들과 몸싸움을 자주 벌인 탓에 체력 게이지는 0에 거의 가까워져 있었다.

"어… 부담감이 없으시다고요?"

"팀 내 경쟁자가 아니니까요. 각자 자기 팀에서 잘하면 되는 거 아닌가요?"

"아, 네. 경쟁자가 아니다……."

민혁은 그의 뉘앙스가 이상하다는 느낌을 받고 고개를 돌렸다. 하지만 몰려온 피로는 그 미묘한 느낌을 이내 덮어버렸고, 민혁은 이어진 몇 개의 질문을 대충대충 넘기고 인터뷰를 끝냈다.

"수고했다. 앞으로 이런 일이 꽤 많을 테니까 적응해 두는 게 좋아."

"네?"

"왜?"

벵거는 이상하다는 표정으로 민혁을 보았다.

"이런 건 앙리나 피레스가 해야 하는 거 아니에요?"

"그 둘 은퇴하면 너랑 세스크가 담당해야지."

민혁은 오른손으로 이마를 짚으며 눈을 감았다. 차기 에이스 취급을 받는 건 나쁘지 않지만 왠지 귀찮아질 것 같다는 예감은 지울 수 없었다.

그리고 다음 날, 신문을 펼친 민혁은 굳어버렸다.

그가 든 신문 1면엔, '아스날의 유망주 민혁 윤, 2002 월드컵 멤버도 내 경쟁자는 아니다!'란 타이틀이 붙은 기사가 올라와 있었다.

*   *   *

토크 스포츠의 기사는 한국에 전해져 소란을 일으켰다. 2002 월드컵 멤버 폄하다 아니다라는 주장이 한국의 축구 팬 사이트와 포털을 뒤덮었고, 평소 아스날과 사이가 좋지 않던 맨체스터 유나이티드의 팬들은 이때다 하는 심정으로 아스날을 공격하고 있었다.

물론 아스날 팬들의 반격도 있었다. 원하지 않게 시발점이 되어버린 민혁으로서는 한숨만 나오는 상황이었다.

"……."

인터넷을 둘러보던 민혁의 입에선 계속해서 한숨이 터졌다. 한국에 들어갔다간 날계란을 얻어맞을지도 모를 분위기였다.

"하여튼 기레기는 국적을 안 가리는구나."

민혁은 컴퓨터를 끄곤 침대에 드러누웠다. 하기야 이런 일을 처음 겪는 것도 아니었다. 지금도 생각만 하면 이를 갈게 되는 KBC 휴먼 히스토리와 국내 몇몇 언론사를 통해 단련되어 있던 민혁이었다.

하지만 한 가지 걱정되는 건, 국가대표팀에 합류한 이후의 문제였다. 어쩌면 기사에 언급된 두 명의 선수가 자신을 좋지 않게 볼 수도 있지 않을까 싶었던 것이다.

고민하던 민혁은 행복 회로를 돌리며 입을 열었다.

"…괜찮겠지, 뭐."

생각해 보면 그리 큰일은 아닐지도 몰랐다. 국가대표쯤 되면 말도 안 되는 기사에 시달려 본 경험을 다들 한두 번씩은 가지게 되는 게 보통이었다.

예를 들어 '부상 중에 뭐 하고 지냈어요?'라는 질문에 '딱히 뭐 한 건 없는데요. 게임요? 리니지 한번 해보다가 말았어요'라고 답했다가 'XXX 선수, 훈련도 포기하고 리니지 삼매경' 같은 기사가 뜬다거나, 면식도 없으면서 반말하는 기자에게 '저 아세요?'라고 했다가 '선배 몰라보는 축구선수들. 이러다 애비 에미도 못 알아보는 패륜아 될 듯' 같은 기사도 뜨는 마당이니 말이다.

이를 갈며 침대에 누워 있던 민혁은 알람을 듣고는 벌떡 일어났다. 훈련을 가야 할 시간이었다.

'아, 졸려.'

민혁은 하품을 하며 훈련장으로 향했다. 한국 반응을 보다가 잠을 좀 설쳤기 때문이었다.

"오늘은 좀 늦었네?"

"늦었어요?"

베르캄프의 말에, 민혁은 어리둥절한 표정으로 시계를 보았다.

"3분이나 일찍 왔는데?"

"넌 좀 더 빨리 오잖아."

"아, 뭐야. 놀랐잖아요."

민혁은 실소를 터뜨리곤 탈의실로 들어가 옷을 갈아입었다. 이번 시즌부터 34번을 달게 된 민혁은 그 번호를 보고는 미묘한 표정을 지었다. 보통 34번은 1순위 번호를 받지 못한 수비형미드필더들이 선호하는 번호기 때문이었다.

'뭐… 다음 시즌에 바꿔주겠지.'

하기야 민혁이 가장 좋아하는 번호인 10번은 베르캄프가 달고 있었다. 그가 떠나기도 전인데 그 번호를 달라고 할 수는 없는 것이다.

옷을 갈아입고 나온 민혁이 훈련장으로 돌아가자, 리프팅을 하고 있던 베르캄프가 입을 열었다.

"선발 나갔다고 훈련 게을리하면 뒤처진다. 그러다 망한 애들 많이 봤어."

"저도 알거든요."

"하여튼 한 마디를 안 져."

그는 공을 내려놓고는 말을 이었다.

"근데 왜 늦었어?"

"한국 반응 좀 보느라고요."

"한국?"

"토크 스포츠 기사요."

베르캄프는 잠깐 고개를 갸웃하다 피식 웃었다. '2002 월드 컵 멤버도 내 경쟁자는 아니다!'라는 제목의 날조 기사가 떠오른 것이었다.

"그런 기자들 많아. 그러니까 꼬투리 잡힐 말을 아예 하지 말거나 신경을 쓰지 마."

"데니스도 많이 당했죠?"

"그래."

민혁은 고개를 끄덕이다 실수했다는 느낌에 혀를 빼물었다. 생각해 보니 베르캄프가 비행기 공포증을 가지게 된 것도 자칭 저널리스트라는 머저리 때문이었다.

그는 당황한 표정으로 베르캄프를 보았지만, 베르캄프는 조금 전의 대화엔 신경을 쓰지 않는지 막 들어온 선수를 향해 손을 들고 말했다.

"왔어?"

"네!"

훈련장에 도착한 로빈 반 페르시는 주인을 만난 리트리버처럼 달려와 반짝이는 눈으로 베르캄프를 바라보았다. 하기야 축구를 시작한 이래 항상 우상으로 삼고 있던 사람이라니 이러는 것도 이상하진 않을 터였다.

그들은 민혁이 모르는 언어로 대화를 나눴다. 아마도 네덜란드어인 것 같았다.

그러는 사이, 벵거를 포함한 코치진이 훈련장에 들어섰다.

"컨디션은 괜찮나?"

그 말로 인사를 대신한 벵거는 스트레칭을 포함한 간단한 훈련을 지시했다. 약 20분 정도면 끝날 분량이었다.

그 훈련이 끝나고, 코치진은 선수들의 이름을 불러 팀을 나눴다. 며칠 후 있을 챔피언스리그 조별 예선을 준비하고 있는 것 같았다.

"윤, A팀."

"네?"

백업을 예상하고 있던 민혁은 주전 팀이라는 소리를 듣고 놀라 벵거를 보았고, 벵거는 조끼를 하나 들어 던지며 선고하는 판사처럼 입을 열었다.

"챔피언스리그 선발이다."

*　　　*　　　*

2005년 9월 14일, 오후 7시 45분.

민혁은 홈팀 유니폼을 챙겨 입고 라커 앞에 앉았다. 스위스

슈퍼 리그에 속한 FC 툰(Thun)과의 챔피언스리그에서 선발로 나서는 날이라 그런지 약간은 설레는 기분이었다.

"윤, 너 챔피언스 처음이지?"

"네."

"홈에서 하는 거니까 긴장할 거 없어. 툰은 그렇게 강팀도 아니고."

"긴장 안 했는데요."

"…하긴, 그래야 윤이지."

콜로 투레는 고개를 끄덕였다. 생각해 보면 민혁은 원래 이런 녀석이었다.

"그래. 긴장 안 하는 건 좋은데, 약팀이라고 방심하다가 털리지 마라."

"어차피 투레가 다 막아줄 거잖아요."

"방금 그 말 되게 뻔뻔한 거 알고는 있냐?"

"에이, 동료를 믿는 거죠."

"두 번만 믿었다간 자살골도 넣겠네."

민혁은 웃으며 손을 들었다. 방심 같은 건 안 하니 걱정하지 말라는 의미의 제스처였다.

얼마 후 들어온 뱅거는 별다른 지시를 하지 않았다.

"훈련만큼만 해라. 그럼 이길 수 있다."

그는 그 말을 끝으로 라커룸을 나섰다. 전술 설명을 기다리던 선수들을 당황하게 만드는 모습이었다.

다행히 당황은 길지 않았다. 전술 판을 들고 온 수석 코치 팻 라이스 덕분이었다.

"자, 감독님 지시다. 오늘 출전 명단은⋯⋯."

그는 선발 명단을 발표했다. 어제 받았던 예비 명단과 다르지 않았다.

이번 경기엔 주전과 백업이 섞여 있었다. 언제나 아스날의 최전방을 차지했던 티에리 앙리 대신 로빈 반 페르시가 원톱으로 나섰고, 민혁과 파브레가스가 그 뒤를 받치는 형태의 구성이었다.

그들의 배치로 인해 부족해진 수비 밸런스는 질베르투 실바가 책임지고 있었으며, 양쪽 윙은 피레스와 융베리가 차지하고 있었다. 그리고 피레스의 밑엔 애슐리 콜 대신 가엘 클리시가 있었고, 그 뒤편으로는 마누엘 알무니아의 모습이 있었다. 약팀과의 경기를 통해 경험을 쌓게 할 생각인 것 같았다.

민혁은 그들을 보며 불안함에 빠져들었다. 클리시와 알무니아의 호러 쇼가 펼쳐질 것만 같았다.

그 불안함은 펠리페 센데로스를 보고는 한층 더 가중되었다. 그나마 콜로 투레와 엠마누엘 에보우에라는 수준급 수비수들이 끼어 있는 게 다행이었다.

'설마 지진 않겠지.'

민혁은 상대편을 보고는 마음을 가라앉혔다. 이번 시즌 챔스에 나온 FC 툰이라지만, 사실 스위스에서도 그렇게 강한 팀이라고는 볼 수 없는 클럽이었다. 리그에서 운이 따라주지 않았더라면 챔피언스리그에 나올 수 없는 팀이었단 이야기였다.

하지만 약팀이라고 해서 쉽게 뚫을 수 있는 건 아니었다.

FC 툰은 철저한 선수비 후역습 체제로 아스날을 맞이했다. 그러나 후역습이란 단어는 사실상 없는 것이나 다름없었다. 로빈 반 페르시를 필두로 세운 아스날이 민혁과 피레스의 드리블로 FC 툰의 왼쪽을 완전히 무너뜨리자, FC 툰은 페널티박스 안에 10명의 선수들을 모두 배치하는 철저한 수비로 돌아섰기 때문이었다.

그런 질식 수비 앞에선 패스와 드리블 모두 효과가 없었다. 그나마 세스크 파브레가스의 로빙 패스를 받은 반 페르시가 아크로바틱한 바이시클 킥으로 유효 슈팅 1회를 기록한 걸 제외하고는, 전반 40분이 지나도록 제대로 된 공격을 하지 못한 아스날이었다.

"저걸 어떻게 뚫어?"

민혁은 혀를 내둘렀다. FC 툰은 공격할 의지가 거세된 당나귀 같았다.

"드리블로 못 뚫어?"

"피레스도 못 뚫잖아. 나도 힘들어."

파브레가스의 고개가 끄덕여졌다. 역시 헤딩을 노린 로빙 스루만이 해결책이 될 것 같았다.

"천천히 끌어내고 패스해."

"끌어낸다고 나와야 말이지."

짧게 답한 민혁은 피레스로부터 이어진 패스를 받고 앞을 보았다. 역시나 파고들 틈이 보이지 않는 빽빽한 수비였다.

'저건 진짜 메시라도 못 뚫겠다.'

바늘도 틈이 있어야 찌를 수 있는 법이다. 하물며 사람이 공을 가지고 드리블을 하려면 몸통이 파고들 만한 공간은 있어야 하는데, FC 툰은 그런 공간조차 허용하지 않겠다는 듯이 골문 근처에 옹기종기 모여서 아스날 선수들을 보고만 있었다. 챔피언스리그에 나온 팀답지 않은 플레이였다.

하지만 민혁은 그들을 비난할 수 없었다. FC 툰은 자신들이 할 수 있는 최선의 플레이를 하는 것뿐이기 때문이었다.

"윤!"

고개를 돌린 민혁은 손을 든 파브레가스에게 공을 넘겼다. 저 질식 수비를 뚫을 수 있는 방법은 세트플레이뿐이라 생각하고 있던 민혁이었으며, 파브레가스라면 인플레이 상황에서도 세트피스나 다름없는 장면을 만들어낼 수 있으리란 기대도 있었다.

공이 파브레가스의 발밑에 닿자, 페널티박스 안에 있던 FC 툰의 11번이 달려 나와 파브레가스의 앞을 막았다. 그들도 파브레가스의 패스 능력을 어느 정도 이해하고 있었기 때문인 듯싶었다.

파브레가스는 압박을 피해 공을 돌렸다. 공을 받은 융베리는 뻥 뚫린 측면으로 공을 몰고 들어가 중앙으로 크로스를 날렸고, 로빈 반 페르시는 헤딩을 따내기 위해 점프를 하려다 바닥을 굴렀다. FC 툰 선수들과의 몸싸움에서 밀려 버린 탓이었다.

공은 그대로 라인을 벗어났다. 골킥이었다.

볼보이는 공을 잡아 경기장 안으로 던져 넣었다. FC 툰의 수비수는 공을 받아 골키퍼에게 넘겨주다 쓰러진 반 페르시를 발견하고는 그에게 다가갔고, 무릎을 잡고 뒹구는 그를 툭툭 치다 그를 민 동료를 바라보며 제스처를 취했다. 혹시 반칙을 했느냐는 의미였다.

반 페르시를 민 수비수는 고개를 저었다. 정당한 몸싸움이라는 표현이었다. 심판이 휘슬을 불지 않았음을 생각하면 그의 주장이 맞는 것 같았다.

그들이 의견을 나누고 있을 때, 무릎을 잡고 있던 반 페르시가 벌떡 일어나 액션을 취했다.

"스톤—트(Stront)!"

반 페르시는 'Shit'에 해당하는 욕설을 뱉으며 자신을 밀친 수비수의 멱살을 잡았다. 가까이 있던 선수들이 말릴 새도 없이 일어난 일이었다.

'미친!'

민혁은 입을 쩍 벌리고 그것을 보다 다급히 달려가 두 사람을 떼어놓았다. 피레스와 세스크, 그리고 실바도 조금 늦게 참여해 험악해진 두 사람 사이를 막으며 선수들을 진정시켰지만 심판의 눈을 피하진 못했다.

심판은 빨간색 카드를 꺼내 들었다.

*   *   *

반 페르시는 아직도 흥분을 가라앉히지 못하고 있었다. 잘못된 행동을 했다는 건 인정하지만 그거 한 번으로 퇴장이 나오는 게 말이 되나 싶어 하는 표정이었다.

그는 라커를 걷어차며 씩씩거렸다. 민혁은 그를 보며 유리 몸인 주제에 저래도 될까 하는 생각을 했지만 그를 굳이 말리진 않았다. 말리려고 해봐야 더 흥분을 하기만 할 것 같아서였다.

잠시 후, 심판과 이야기를 나누다 들어온 벵거는 기묘한 열기에 휩싸인 선수들을 한 번씩 돌아보고는 입을 열었다.

"괜찮다. 진정들 해라."

"이건 너무……."

"진정하라고 했다."

벵거는 냉랭한 표정으로 선수들을 보았다. 울컥해 소리를 치려던 로빈 반 페르시조차 말을 삼키게 할 정도의 표정이었다.

라커룸이 진정되자, 벵거는 경기로 화제를 돌렸다.

"툰은 좀 더 공격적으로 나올 거다."

벵거는 침착하게 상황을 판단했다. 전반전 전부를 수비에 집중하던 FC 툰이지만, 10명 대 11명의 대결이 된 후반전이라면 공격에 집중할 거라는 이야기였다. 그들도 승리를 원할 터이기 때문이었다.

동수로 경기를 하는 상황이라면 약팀은 수비에 집중을 하는 게 당연했다. 하지만 상대 팀의 선수가 한 명 줄어들면 공격의 유혹이 강해질 터였고, 그것은 수비 균열로 이어질 수 있었다.

"우리는 그 틈을 노리면 된다."

벵거는 전술 판이 그려진 화이트보드로 다가가, 34라는 숫자가 적힌 자석을 위로 끌어 올리며 입을 열었다.

"윤."

"네?"

벵거는 민혁을 바라보며 말했다.

"로빈의 자리는 네가 채운다. 실바는 좀 더 위쪽으로 올라와서 세스크와 발을 맞추고, 수비는 지금까지 했던 것처럼 하되 실바의 커버가 없다는 걸 염두에 두도록. 알겠나?"

"알겠습니다!"

"한 명이 빠졌다고 맥없이 무너지진 마라. 지는 건 용납해도 경기가 엉망이 되는 건 용납하지 않을 테니까."

아르센 벵거는 단호하게 말했다. 경기의 결과도 중요하지만 어떤 경기를 하느냐가 그보다 중요하다 말하는 것 같았다.

아스날 선수들은 힘차게 대답한 후 라커룸을 나와 필드로 향했다. 뒤이어 FC 툰 선수들도 경기장에 나타났고, 먼저 나와 그들을 기다리고 있던 주심은 공을 중간에 가져다 놓고 시계를 보았다.

'원톱은 처음인데⋯⋯.'

공을 앞에 둔 민혁은 긴장감에 휩싸였다.

그가 선 자리는 익숙하지 않았다. 투톱 중 한 자리를 차지한 적은 있어도 원톱 자리에 올라온 건 유소년 시절까지 통틀어도 이번이 처음이었다.

자신이 없냐고 물으면 아니라고 대답할 민혁이지만, 자신감만으로 모든 걸 해낼 수는 없었다.

민혁은 그리 크지 않았다. 180㎝가 작은 키는 아니지만 수비수들을 상대로 압도를 할 만한 높이는 아닌 데다 점프력이 호날두만큼 좋지도 않았고, 아킨펜와나 루카쿠 같은 피지컬도 갖지 못했다.

거기에 스타일도 원톱엔 맞지 않았다. 굳이 비유하자면 크루이프와 베르캄프의 중간에 위치한 스타일이라, 세컨드스트라이커나 공격형미드필더라면 모를까 원톱을 수행하기엔 힘든 점이 많았다.

"그냥 앙리를 넣는 게 나을 텐데."

민혁은 한숨을 내쉰 후 고개를 들었다. 심판의 목소리 때문이었다.

후반전은 아스날의 선축으로 시작했다.

원톱을 수행하게 된 민혁은 파브레가스에게 패스를 넣고 전방으로 달렸다. FC 툰이 수비 형태를 완벽히 갖추지 못한 틈을 타 공격을 시도할 생각이었다.

민혁의 생각을 읽은 파브레가스는 공을 잡자마자 대각선으로 살짝 움직여 각도를 만든 후 패스를 넣었다. FC 툰 미드필더들의 사이를 꿰뚫는 완벽한 패스였다.

하지만 공격은 성공하지 못했다. 공을 보고 달려든 FC 툰의 센터백의 태클로 패스를 끊은 것이다.

FC 툰은 역습을 전개했다. 흘러나온 공을 잡은 미드필더는 지체 없이 측면으로 롱패스를 날렸으며, 전력으로 측면을 파고든 툰의 윙어는 가엘 클리시를 스피드로 제치고 크로스를 날렸다.

그 공은 공중볼 경합에서 이긴 에보우에의 머리를 맞고 전방으로 향했는데, 그 공을 잡은 건 FC 툰의 8번이었다.

그는 주변을 살피지도 않은 채 정면으로 공을 날렸다. 앞서 있을 공격수를 노리고 들어간 패스였으나, 그곳에 있어야 할 FC 툰의 9번은 콜로 투레를 피해 아래로 내려가 있었다. 마치 미드필더처럼 보일 만한 위치였다.

그를 본 민혁은 뇌리에 번개가 스치는 듯한 느낌을 받았다.

'아! 펄스 나인(False 9)!'

익숙하지 않은 롤에 쩔쩔매던 민혁은 방법을 찾아내고는 미소를 지었다.

원톱을 수행하는 건 익숙하지 않았다. 하지만 펄스 나인이라면 세컨드스트라이커나 공격형미드필더처럼 플레이를 하면서 좀 더 공격적으로 진행하는 방식이라, 민혁에게도 익숙한 형태의 움직임을 취할 수 있었다.

더 좋은 건, 민혁의 머릿속엔 리오넬 메시와 프란체스코 토티라는 펄스 나인의 교과서가 있다는 점이었다. 회귀 전 보았던 그들의 플레이를 재현하면 되는 것이다.

그것을 깨달은 민혁은 조금 전과는 다른 양상의 플레이를 전개했다. 위로 올라왔던 실바는 잠깐 당황한 반응을 보였지만, 이내 민혁의 의도를 읽고는 민혁과 파브레가스를 커버하는 방향으로 플레이를 전환했다. 무패 우승과 월드컵 우승을 경험해 본 사람다운 노련함이었다.

그들의 변화는 중계진의 눈에 포착되었다.

―윤민혁 선수 아래로 내려와 플레이합니다. 벵거 감독의 지시일까요?

―글쎄요… 4―4―2 포메이션을 최고로 생각하는 아르센 벵거가 저런 플레이를 주문하지는 않았을 것 같습니다. 물론 이번 경기는 4―5―1 포메이션으로 시작했지만, 반 페르시 선수가 퇴장당한 후로는 4―4―1 포메이션을 쓰려고 했던 것 같은데요. 이대로라면 원톱이 없는 4―5―0 포메이션이나 다를 바

없습니다. 감독의 의도로는 보이지 않아요.

　—윤민혁 선수의 독단적인 플레이란 말씀이군요.

　—분명히 그럴 겁니다. 아르센 벵거는 선수들의 자율성을 최대한 보장하는 감독으로 유명하죠. 아마 윤민혁 선수도⋯⋯.

해설을 이어가던 그들은 이어진 플레이에 태세를 전환했다. 파브레가스와 패스를 주고받아 침투한 민혁의 슛이 골대를 맞고 튕겨 나간 순간 벌어진 변화였다.

　—아! 아깝습니다! 완벽한 찬스였는데요.

　—괜찮습니다, 윤민혁 선수. 저 찬스는 원투 패스에 이은 개인 드리블로 만들어낸 찬스였어요. 얼마든지 다시 나올 수 있는 장면입니다.

　—왠지 아까보다 플레이가 좋아진 것 같은데, 김동완 해설께선 어떻게 보십니까?

　—윤민혁 선수는 윙과 중앙에서 뛰던 선수라 원톱에 익숙하지 못할 겁니다. 지금 위치에서 공격을 전개하는 게 아무래도 더 익숙하겠죠.

해설자의 말이 이어지는 동안, 잠깐 공격을 주고받았던 양 팀의 경기는 다시 지루한 탐색전의 양상으로 바뀌어갔다. 민혁의 슈팅에 놀란 FC 툰이 다시 수비 위주의 플레이를 이어 갔고, 선수가 모자란 아스날도 모험을 하지 않는 지공 체제로 들어섰기 때문이었다.

KBC 중계진은 지루함을 덜고자 민혁에 대한 설명을 이어 갔다.

—그러고 보니, 윤민혁 선수는 일본에서 득점왕을 차지한 적이 있었죠?

—그렇습니다. 한국 나이로 열두 살 때였죠. 일본 최고의 권위를 가진 대회에서 한 살 많은 형들과 경쟁해서 따낸 타이틀이었습니다. 과거 저희 KBC 휴먼 히스토리 팀에서 취재를 나간 적이 있었는데, 몇 년이 지났던 그때도 나고야의 스텝들이 윤민혁 선수를 기억하고 있었죠. 제가 듣기로는 JFA의 간부가 윤민혁 선수를 일본에 귀화시키려고 했던 적도 있었다고 합니다.

—시청자 여러분도 잘 아시겠지만, AFC U—17 청소년 선수권대회에서는 1골 차이로 득점왕을 놓쳤지만 대회 MVP를 차지했었죠. 황선홍 선수 은퇴 이후 마땅한 공격수가 나오지 않고 있는 대한민국인데요, 윤민혁 선수가 그 자리를 차지할 수 있을지 기대해 봐도 좋을까요?

—저는 충분하다고 봅니다. 아드보카트 감독도 윤민혁 선수를 주목하고 있다고 하니까요.

—그렇군요. 그럼… 아, FC 툰의 11번 베르디요크, 공 놓칩니다. 아스날 역습 찬스! 융베리가 잡습니다!

융베리는 우측면을 파고들어 크로스를 날렸다. 제로톱에 가깝게 플레이하는 민혁이 아닌, 피레스를 향해 올린 깊숙한 크로스였다.

공을 받은 피레스는 중앙으로 침투하다 뒤편의 민혁에게 공을 넘겼다. 민혁은 피레스가 만들어준 공간으로 공을 몰고 들어가 슛을 날렸고, 공은 FC 툰 골키퍼의 왼발을 스치고 골망을 흔들었다. 이번 경기 첫 골이자 민혁의 챔피언스리그 데뷔골이었다.

—골! 윤민혁 선수 선제골을 기록합니다! 챔피언스리그 데뷔전 데뷔골! 정말이지 놀라운 플레입니다!

—피레스의 플레이가 아주 좋았어요. 윤민혁 선수보다 앞으로 나서서 FC 툰의 수비수들을 자신에게 끌어모은 후 뒤편의 윤민혁 선수에게 공을 넘겨주지 않았습니까? 그 빈 공간을 어떻게 활용하느냐에 따라서 득점포가 나오느냐 그렇지 못하느냐의 차이는 있지만, 그것도 그 공간이 있어야 갈리는 거거든요. 저 골의 절반은 피레스가 만들었다 해도 과언이 아닙니다.

아스날 선수들과 팬들은 환호했다. 반면 FC 툰의 선수들과 코치진, 그리고 원정 팬은 침통한 표정을 짓고 있었다. 10명과 11명의 경기임에도 이런 식으로 선제골을 내주었다는 건 팀의 레벨 자체에 큰 차이가 있음을 드러내는 것이기 때문이었다.

—FC 툰 선수들 표정이 굳었어요. 이래선 답이 없죠.

—툰으로서는 최대한 빠른 시간에 동점골을 터뜨려야 합니다. 수적인 우위를 살리면 기회가 있을 것 같은데, 어떻게 생

각하십니까?

—한 명이 많은 건 엄청난 이점입니다. 하지만 선수들의 수준이 이 정도로 차이가 나면 어렵죠. 지난 시즌 프리미어리그 우승은 첼시가 했지만 아스날도 막바지까지 경쟁을 했던 팀이니까요. 전전 시즌엔 115년 만의 무패 우승을 기록하기도 했고요.

—김동완 해설께서는 경기가 끝났다고 보시는 거군요.

—에… 공은 둥그니까 벌써부터 그렇게 속단을 하기는 어렵습니다만, 99퍼센트는 그렇지 않을까 싶습니다.

—사실 저도 이대로 끝났으면 좋겠습니다. 그래야 윤민혁 선수가 맨 오브 더 매치에 꼽힐 테니까요.

—그럼 두 경기 연속 MOM인가요?

중계진은 기대감에 찬 목소리로 중계를 이어갔다. 이대로 끝난다면 다음 경기 시청률은 보장된 것이나 다름없었다.

그들이 환호를 하고 있을 때, 경기를 지켜보던 아스날 코치진도 기쁜 표정으로 상황을 분석해 갔다.

"윤의 움직임이 괜찮습니다. 원톱은 아닌 것 같지만……."

"제로톱이군요. 나쁘지 않아요."

벵거의 머릿속으로는 한 사람의 모습이 스쳐 지나갔다. 바르셀로나 드림 팀의 에이스였던 미카엘 라우드럽이었다.

민혁의 플레이는 그를 많이 닮아 있었다. 스피드와 패스 능력이 그에 비해 조금 떨어지긴 했지만, 펄스 나인을 수행하는 모습 자체는 라우드럽의 재림이라 해도 틀릴 게 없을 듯했다.

"흠……."

벵거는 새로운 플랜을 머릿속에 그렸다. 앙리와 베르캄프를
투톱으로 세우는 4—4—2가 플랜 A, 그리고 앙리를 원톱으로
세우고 민혁과 파브레가스로 뒤를 받치는 4—5—1이 플랜 B라
면, 민혁을 제로톱으로 세운 4—6—0으로 플랜 C를 구성하는
것도 나쁘지 않아 보였다.

생각에 잠겨 있던 벵거는 골망이 출렁이는 소리를 듣고는
고개를 들었다.

*　　*　　*

—콜로 투레 헤딩골! 아스날 2 대 0으로 스코어를 벌립니
다!

아스날은 코너킥에 이은 세트피스로 추가점을 뽑아냈다.
승부를 완전히 결정짓는 골이었다.

패배를 직감한 FC 툰 선수들은 의욕을 완전히 잃어버렸다.
반 페르시의 퇴장으로 수적 우위를 점했는데도 두 골을 내어
줬다는 압박감을 이기지 못한 듯싶었다.

그리고 후반전 추가시간 2분. 융베리와 교체된 레예스가 한
골을 추가했다. 민혁이 보내준 컷 백 패스에 이은 중거리 포였
다.

"모두 수고 많았다."

벵거는 경기를 끝내고 돌아온 선수들을 치하했다. 약팀과의 경기라지만 이렇게 깔끔한 승리를 거뒀다면 칭찬을 받아 마땅한 일이었다.

"아, 윤. 넌 남아라."

"…인터뷰예요?"

"그래."

민혁은 한숨을 쉬었다. 지난번 리그 경기에서 한 인터뷰가 날조 기사로 바뀐 지 며칠 되지도 않았는데, 그런 위험을 또 감수해야 한다는 사실에 짜증이 밀려왔다.

하지만 인터뷰를 하지 않고 넘길 수는 없는 일이다. 팀에서 주급을 주는 이유 중엔 마케팅과 관련된 부분도 있었고, 인터뷰는 마케팅의 좋은 수단이 되기 때문이었다.

민혁은 도살장에 끌려가는 황소의 심정으로 기자실로 향했다.

"노이어 루체르너 차이퉁(Neue Luzerner Zeitung)의 알비안 그르지치입니다. 이번 경기에 대해……."

다행히 이번에 만난 기자들은 민감한 질문을 하지 않았다. 아무래도 FC 툰이 약팀이라, 이런 결과가 나올 게 뻔했기 때문인 모양이었다.

인터뷰를 무난히 끝낸 민혁은 기자실을 나와 샤워장으로 가다, 복도 구석에 있는 레예스를 발견했다.

레예스는 우울한 표정으로 전화기를 붙잡고 누군가와 대화를 나누고 있었다. 스페인어로 진행된 대화라 그 뜻을 알 수는 없던 민혁이지만, 그 표정으로 보아 심각한 내용임은 인지할 수 있었다.

'향수병 발동이구나.'

그러고 보니, 레예스는 조금 전 끝난 경기에서 골을 넣고도 손만 들었다. 이적 초반 보이던 모습과는 전혀 다른 반응이었다.

민혁은 복잡한 심경으로 그를 보았다. 레예스가 사라진다면 자신이 주전으로 올라설 가능성은 지금보다 높겠지만, 레예스만 한 선수가 사라지는 건 아스날에겐 엄청난 손해였기 때문이었다.

거기에 하나 더.

실력으로 그를 밀어낸다면 모를까, 이런 식으로 경쟁에서 이기는 건 껄끄러웠다.

민혁이 그런 생각을 하고 있을 때, 통화를 끝낸 레예스는 핸드폰을 집어넣고 몸을 돌렸다. 어쩐지 어깨가 축 늘어진 것 같아 보였다.

멀어지는 레예스를 보며, 민혁은 작게 한숨을 쉬었다.

*　　　*　　　*

2006년 1월.

챔피언스리그에 집중한 아스날은 아슬아슬한 4위를 기록하고 있었다. 원래대로라면 5위를 꾸준히 유지하다 토트넘 선수단에 식중독이 돌면서 막판 어부지리로 4위에 올랐을 아스날이지만, 지금은 민혁의 활약에 힘입어 토트넘을 멀찍이 따돌리고 맨유와 승점 2점 차로 4위를 기록하고 있었다.

맨유의 위엔 리버풀이 있었다.

2004—05 시즌, 승점 58점으로 리그 5위를 기록했던 그들은 19라운드가 지난 현재 승점 39점을 쌓아 다음 시즌 챔피언스리그 진출을 사실상 확정 지었다. 남은 경기에서 절반만 이겨도 4위는 안정적으로 차지할 수 있을 승점이었다.

"이번 시즌 리버풀 장난 아닌데?"

"챔피언스리그 우승 팀이잖아요. 저 정도는 해야죠."

민혁은 모아시르의 말에 짧게 답하고는 앞에 놓인 우동을 젓가락으로 집어 들었다. 오랜만에 먹는 일식이었다.

바로 전 시즌인 2004—05 시즌, 리버풀은 AC 밀란과의 결승전에서 3골을 먼저 허용하고도 경기를 뒤집은 이스탄불의 기적으로 챔피언스리그 우승을 차지했다. 아직 챔피언스리그 우승컵이 없는 아스날로서는 부러움을 느끼게 되었던 순간이었다.

"아스날 아직 대륙컵 없지?"

"UEFA 컵 위너스 컵 하나 있어요."

아스날의 대륙컵 우승은 그게 전부였다. 유럽 전 리그의 FA 컵 우승 팀들이 모여 자웅을 겨루는 대회였는데, 잉글랜드 FA 컵의 강자인 아스날은 아르센 벵거가 부임하기 전인 1993—94 시즌에 세리에의 파르마를 1 대 0으로 꺾고 우승을 차지했었다.

하지만 그 대회는 챔피언스리그의 확대 개편으로 인해 1999년에 막을 내렸다. FA 컵의 강자로 꼽히는 아스날로서는 아쉬울 수밖에 없는 사건이었다.

"이번 시즌엔 빅이어 가져와야 되는데……."

"벌써부터 설레발은."

모아시르는 피식 웃었고, 민혁은 그 말에 대답하는 대신 젓가락으로 집은 우동을 입에 넣었다. 원래대로라면 결승에 오른 아스날이 바르셀로나에게 아쉽게 패배할 2005—06 시즌이지만, 민혁 자신이 경기장에 들어섬으로써 결과가 바뀔 수 있음을 알기 때문이었다.

민혁이 우동을 우물거리는 사이, 사이드 메뉴로 나온 닭튀김을 집어 들던 모아시르는 아스날의 다음 상대를 떠올리고는 입을 열었다.

"참, 너희 다음 상대 레알이지?"

"네."

"레알 라 데시마인가 뭔가 달성하려고 이를 갈고 있다던데 괜찮겠어?"

민혁은 웃었다. 지금의 레알 마드리드는 무서울 게 하나도 없다는 표현이었다.

2001-02 시즌 지네딘 지단의 골로 9번째 챔스 우승을 달성한 레알 마드리드는 10번째 우승을 뜻하는 라 데시마를 달성하기 위해 몇 시즌째 총력을 기울였다.

하지만 단장인 플로렌티노 페레스의 갈락티코스 정책이 팀의 밸런스를 무너뜨린 데다가, 그 연장 선상인 지단 & 파본 정책으로 수비가 무너지면서 그저 그런 팀으로 몰락하고 있었다.

리그에선 여전히 강팀이지만, 그들 못지않은 스쿼드를 가진 팀이 즐비한 챔피언스리그에선 벌써 3시즌째 16강에서 발을 멈춰야 했던 것이다.

"레알보다 리옹이 훨씬 더 무서워요."

"에이, 그건 아니지. 어쩌다 한 번 이겼다고 리옹이 레알보다 강팀이 되는 건 아니잖아."

"두고 보면 알아요."

민혁은 묘한 웃음을 물며 마지막 면을 집어 들었다. 바로 그 리옹이 레알 마드리드를 세 번이나 잡아낼 거란 걸 알고 있는 탓이었다.

그걸 알 리 없는 모아시르는 여전히 고개를 갸웃거렸다.

"리옹이 프랑스 내에선 강팀이지만 대륙컵에선 별거 없잖아?"

"내기할래요?"

"…아니. 됐어."

모아시르는 고개를 저었다. 민혁이 이렇게 자신 있게 말하면 정말로 이뤄진다는 걸 알고 있던 그였기 때문이었다.

그를 침묵시킨 민혁은 국물만 남은 그릇을 들어 입에 대었다. 대서양 만류의 영향으로 한국보다 따뜻한 영국이지만, 그래도 겨울에 마시는 우동 국물은 역시 일품이란 생각이 들었다.

식사를 마친 그들은 아스날 훈련장으로 향했다. 민혁은 훈련 때문이었고, 모아시르는 새로 계약을 한 유소년 선수들을 점검하기 위해서였다.

"윌셔랑 케인하고 계약하라니까요."

"했어."

"언제요?"

"지난달에."

작년까지만 해도 방출이 논의되던 케인은 윌셔와 함께 아스날 유스 팀의 주전을 차지하고 있었다. 아직도 16세 이하 팀을 맡고 있는 필 버트는 그제야 케인을 잡아두라고 줄기차게 말해온 민혁을 이해할 수 있다는 반응을 보였는데, 살집이 좀 있던 케인의 체형이 그제야 공격수답게 변했기 때문이었다.

"케인 폼 어때요?"

"조금씩 좋아지는 것 같아."

"지금은 윌셔가 더 잘하죠?"

"지금은? 케인이 더 낫다는 거야?"

"부상이 없으면 윌셔가 훨씬 낫겠죠."

민혁은 애매한 답변을 들려주었다. 회귀 전 16살의 나이에 사비와 이니에스타, 그리고 세르히오 부스케츠가 버티고 있는 FC 바르셀로나를 상대로 중원을 지배했던 2010—11 시즌 잭 윌셔의 모습이 아직도 기억에 남아 있는 탓이었다.

'케인은 그때 토트넘 유스 팀에서 공격수 후보로 뛰고 있었으니까, 재능만 보면 윌셔가 훨씬 낫지.'

하기야 이니에스타에 대한 잉글랜드와 아스날의 대답이란 말까지 나왔던 윌셔였다. 잠깐이긴 했지만 이니에스타에 버금가는 재능으로 비춰졌단 뜻이었다.

그놈의 부상이 발목을 잡지만 않았다면 발롱도르 순위권 안에는 들 수 있는 재능이 아니었을까.

"하긴, 필도 그러더라. 윌셔는 너 유스 팀에 있을 때 보는 것 같다고."

"케인은요?"

"이제야 사람이 됐다던데?"

민혁은 쓰게 웃으며 대화를 끝냈다. 훈련장에 도착했기 때문이었다.

"아무튼 둘 다 신경 좀 써줘요."

모아시르도 웃으며 몸을 돌렸다. 그 두 사람이 있는 16세

이하 팀 훈련장을 향해서였다.

그와 헤어진 민혁은 훈련장 문을 열고 안으로 들어갔다. 정시보다 30분 이른 시간이었지만 민혁보다 먼저 온 사람도 있었는데, 그중엔 몇 달 전 슈투트가르트에서 이적해 온 흘렙도 있었다. 얼마 전까진 아스날에 적응하고 버벅대던 그였지만, 최근 들어선 융베리와의 경쟁에서 우위를 점하는 느낌도 있었다.

'저런 선수가 바르셀로나에서 망했다 이거지……'

민혁이 드리블 연습을 하는 흘렙을 힐끗 보며 중얼거릴 때, 그에게 다가온 레만이 민혁의 어깨에 손을 올리며 말을 꺼냈다.

"너 긴장해야겠다."

"왜요?"

"너보다 드리블 잘하는 것 같은데?"

민혁은 그 말에 수긍했다. 드리블만 놓고 본다면 민혁 자신보다 흘렙이 반 수 정도 위였다. 테크닉이라면 자신이 좀 더 뛰어나지만 속도는 흘렙이 더 빨랐기 때문이었다.

"근데 저보단 융베리가 긴장해야죠. 저야 2선이면 어디든 뛸 수 있으니까 별로……"

"융베리 앞에선 그런 말 하지 마라."

"저도 눈치라는 게 있거든요."

레만은 피식 웃고는 자리를 떠났다. 슬슬 코치진이 올 시간이었다.

잠시 후, 팻 라이스를 비롯한 1군 코치진이 훈련장에 들어왔다.

"감독님은 FA에 볼일이 있어서 조금 늦으실 거다."

"FA요?"

"이적생."

다소 늘어져 있던 선수단은 묘한 긴장에 휩싸였다. 새로운 선수가 들어온다는 건 팀의 전력 강화를 의미하기도 했지만, 다른 한편으로는 주전에서 밀려날지도 모른다는 내용도 담고 있었다.

'…드디어 오는구나.'

민혁은 이번 시즌 초에 받았던 서류를 떠올리며 중얼거렸다. 역주행의 아데바요르와 환상의 포켓몬 아부 디아비, 그리고 벵거의 양아들 테오 월콧이 아스날에 오는 모양이었다.

"자, 자. 이적은 이적이고, 훈련은 훈련이다. 집중해."

팻 라이스는 손뼉을 치며 선수들의 주목을 끌었다.

"지난 위건과의 경기에서 감독님이 많이 실망하셨다. 리그 경기에서 만회해야지."

그는 며칠 전 있었던 위건 애슬래틱과의 칼링 컵 결과를 입에 담았다. FA 컵과 리그 경기를 대비해 후보 위주로 출전시킨 경기였지만, 그래도 한 수 아래인 위건을 상대로 맥없이 패배했다는 걸 긍정적으로 볼 수는 없었다.

그 점을 지적한 팻 라이스는 선수단을 한 차례 둘러보며 말했다.

"본격적인 훈련은 감독님 오신 후에 할 테니, 그동안 가볍게 몸을 풀어라. 혹시 질문 있나?"

"없습니다!"

"그래. 그럼 무리하지 않는 선에서 자율적으로 훈련하고 있어라."

그는 코치진을 향해 고개를 돌렸다. 도움이 필요한 선수들이 있다면 보조를 해주란 의미의 제스처였다.

그로부터 얼마 후.

조금 늦게 경기장에 나타난 뱅거가 입을 열었다.

『인생 2회 차, 축구의 신』 5권에 계속…

초대형 24시 만화방

신간 100%, 샤워실, 흡연실, 수면실(침대석), 커플석, 세탁기 완비

■ 광명 광명사거리역점 ■

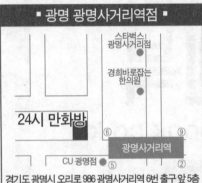

경기도 광명시 오리로 986 광명사거리역 6번 출구 앞 5층
02) 2625-9940 (솔목타워 5층)

■ 강북 노원역점 ■

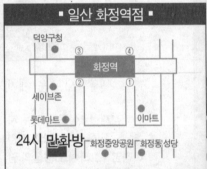

서울 노원구 상계동 340-6 노원역 1번 출구 앞 3층
02) 951-8324 (화용빌딩 3층)

■ 일산 정발산역점 ■

라페스타 E동 건너편 먹자골목 내 객잔건물 5층
031) 914-1957

■ 일산 화정역점 ■

경기도 고양시 덕양구 화정동 984번지 서일빌딩 7층
031) 979-4874 (서일사우나 건물 7층)

■ 부천 역곡역점 ■

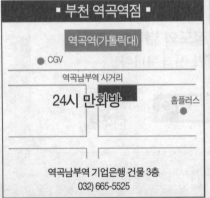

역곡남부역 기업은행 건물 3층
032) 665-5525

■ 부평역점 ■

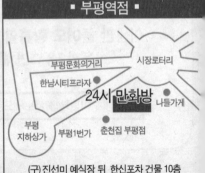

(구) 진선미 예식장 뒤 한신포차 건물 10층
032) 522-2871

너의 옷이 보여

킹묵 현대 판타지 소설
MODERN FANTASTIC STORY

꿈을 안고 입학한 디자인 스쿨에서
낙제의 전설을 쓴 우진.
실망한 채 고국으로 돌아오기 직전 교통사고를 당하고,
아무것도 보이지 않던 왼쪽 눈에
무언가가 보이기 시작한다.

그것도 어딘가 이상하게.

오직 그 사람만을 위한 세상에 단 한 벌뿐인 옷.
옷이 아닌 인생을 디자인하라!

디자이너 우진, 패션계에 한 획을 긋다!

Book Publishing CHUNGEORAM

밥도둑

약선요리王^왕

가프 현대 판타지 소설

MODERN FANTASTIC STORY

유치원 편식 교정 요리사로 희망이 절벽인 삶을 살던
3류 출장 요리사.
압사 직전의 일상에 일대 행운이 찾아왔다.

[인류 운명 시스템으로부터 인생 반전 특별 수혜자로 당첨되었습니다.]
[운명 수정의 기회를 드립니다.]
[현자급 세 전생이 이룬 업적에서 권능을 부여합니다.]
−요리 시조의 전생으로부터 서른세 가지 신성수와 필살기 권능을 공유합니다.
−원조 대령숙수의 전생으로부터 식재료 선별과 뼈, 씨 제거법 권능을 공유합니다.
−조선 후기 명의의 전생으로부터 식치와 체질 리딩의 권능을 공유합니다.

동의보감 서른세 가지 신성수를 앞세워
요리의 역사를 다시 쓰는 약선요리왕.
천하진미인가, 천하명약인가? 치명적 클래스의 셰프가 왔다!

Book Publishing CHUNGEORAM

MODERN FANTASTIC STORY

강준현 현대 판타지 소설

주 무르면 다고침!

희귀병을 고치는 마사지사가 있다?

트라우마를 겪은 후 내리막길을 걸어온 한두삼.
그는 모든 걸 포기하고 고향으로 향하게 된다.
그리고 그곳에서 특별한 능력을 얻게 되는데……

"도대체 나한테 무슨 일이 생긴 거지?"

한두삼,
신비한 능력으로 인생이 뒤바뀌다!